KB209777

너의 곁에서 좋은 사람이 되어 줄게

너도 세상에 좋은 사람이 되어 줘

박소연

또또규리 출판사를 소개합니다.

또또규리 출판사의 슬로건
"세상에 필요한 책을 만듭니다."

인생과 세상의 변화를 위한 다양한 주제를 깊이 있게 다룹니다.

출판사명 '또또규리'는 두 딸의 애착인형 이름을 합한 것으로,
자녀가 보기에도 좋은 책을
정성스럽게 만들고자 하는 마음을 담았습니다.

또또규리 출판사의
유익한 메시지를 여러 채널로 만나 보세요.

유튜브 @ttottokyuri
인스타 @ttottokyuri
홈페이지 https://blog.naver.com/ttottokyuri

또또규리 출판사의
메시지와 소식을 받아 보기 원하시면

또또규리 출판사의 이메일 aiminlove@naver.com으로
독자의 이메일 주소만 알려 주시면 됩니다.

너의 곁에서 좋은 사람이 되어 줄게

너도 세상에 좋은 사람이 되어 줘

박소연 에세이

임상심리상담원이 도움이 필요한 아이들과 함께하며
느끼고 배우며 깨달은 '돌봄'에 관한 일상의 지혜들

"미리 걱정하지 말자.
하루하루 아이들과 좋은 추억을 만들자.
힘들어할 때 곁에 있어 주자."

또또규리

차례

※ 이 책에 등장하는 아이들의 이름은 가명을 사용했습니다.

프롤로그
아이들을 돌보며 나를 더 잘 돌볼 수 있다면

우리는 보통 누군가를 돌보다가 지치기도 하고, 때로는 거기서 잠깐 벗어나 삶의 위안을 얻고 싶어 합니다. 그러면서도 선한 마음을 지키고, 키워 나가고 싶은 바람을 갖게 되지요. 여러분의 선한 마음은 어디서부터 시작되었나요? 누구를 돌보며 도와주고 있나요?

어느 봄날, 여섯 살 아이는 언니를 따라 집을 나섰다 길을 잃었습니다. 입고 있던 꽃무늬 원피스 리본 끈이 풀어져 땅에 질질, 눈에선 눈물이 뚝뚝. 하늘에선 애꿎은 비가 내렸습니다. 어디로 가야 할지 한 발도 떼지 못하고 울고만 있던 그때, 한 아저씨가 나타나 우산을 씌워 주며 가게 안으로 들어오라 합니다. 하얀색, 파란색, 빨간색 사인볼이 돌아가는 이용원이었습니다.

"길을 잃었니? 엄마는 어디 갔어? 너 집이 어디야?"

'이름 박소연 전화번호 ○○○-○○○○'.

하염없이 우는 아이를 달래며 아저씨는 원피스에 달려 있던 빨간색 병아리 이름표에 적힌 전화번호로 전화를 걸었습니다. 이발소 아저씨의 도움이 없었더라면 저는 영영 가족과 생이별하고 다른 삶을 살아가고 있을지도 모릅니다.

누군가에게 관심을 가지고 돕는다는 것은 자신의 시간과 정성을 들여야 하는 일입니다. 저는 이발사 아저씨의 도움으로 무사히 가족의 품으로 돌아왔습니다. 참았던 눈물을 쏟아내며 엄마의 품에 안겨 한참을 울었습니다. 가족들과 살을 부대끼고 이야기 나누며 따뜻한 밥을 먹는 것만으로도 감사했습니다. 비를 맞고 하염없이 울던 그때 그 따스했던 손길을 기억하며 어릴 때부터 누군가를 도와주는 사람이 되고 싶었습니다.

아이들이 생활하는 사회복지시설에서 '임상심리상담원' 명찰을 가슴에 품은 지 어느덧 10년이 되었습니다. 눈도 채 뜨지 못하고 속싸개에 싸여 담당 선생님 품에 안겨 왔던 아기를 품에 안았습니다. 심장이 '쿵쾅쿵쾅' 뛰었습니다. 아이의 심장이 이렇게 건강하고 빨리 뛴다는 걸 그때 알았습니다.

야근하며 긴급으로 입소하는 아이를 기다린 날이었습니다. 하교 후 집에 들러 몇 가지 옷만 챙겨 왔던, 덥수룩하던 커트 머리 초등학생을 기억합니다. 사랑받아야 마땅할 아이들이 부모의 학대와 방임으로 가슴에 커다란 상처를 안고 사회복지시설로 왔습니다.

여러 시설을 옮겨 다니며 일상생활과 학교생활에 적응하지 못하고 더는 갈 곳이 없던 단발머리 중학생이 있었습니다. 그녀가 온 이후로 하루도 조용할 날이 없었습니다. 천둥처럼 울던 목소리가 들릴 때마다, 자해의 흔적이 하나하나 그어질 때마다 마음이 찢어지는 듯했습니다. 우리는 함께 울고 또 웃었습니다.

가족과 떨어져 살아가야 하는 아이들의 마음에는 늘 커다란 구멍이 뚫려 있는 것만 같았습니다. 밑 빠진 독에 물을 붓는 것처럼 채우고 채워도 채워지지 않는 마음. 무엇으로 채워 줄 수 있을까요?

천차만별 개성이 넘치는 아이들과 지내다 보면 어린아이의 재롱에 웃음 짓게 되고, 우당탕탕 생각지도 못한 일에 골머리를 앓기도 합니다. 머리는 지끈, 신경은 예민. 고민과 걱정에 흰머리가 하나둘씩 늘어 갑니다. 하루에도 여러 번 바뀌는 분위기와 상황 속에 어깨와 허리는 굽어지고, 아이들의 고민을 다 안은 것처럼 가슴이 답답해지는 날들이 늘어만 갔습니다. 말로 표현할 수 없어 푹푹 내쉬었던 한숨은 습관이 되었습니다.

쌓여 가는 서류처럼 마음에 무거운 짐들이 켜켜이 쌓여만 갔습니다.

선한 마음으로 시작한 일인데, 동료나 상사의 뾰족한 말에 예민해져 상처를 받기도 했습니다. 아이들 마음속에 곪고 곪은 상처가 활화산처럼 폭발하는 날엔 제 마음에 시한폭탄이 떨어진 것 같았습니다. 매일 오르락내리락 롤러코스터를 탄 것처럼 마음속으로 비명을 질렀습니다. 겉으론 괜찮은 척, 놀라지 않은 척 마음을 다스려 보지만, 속은 계속 타 내려가다 못해 썩어 가는 날만 늘어 갔습니다.

아이들을 잘 키우겠다고 하면서 정작 제 자신은 늘 뒷전이었습니다. 거울 볼 시간도, 화장실 갈 시간도 없을 정도로 뭐가 그리 바쁘고 마음을 좋여야 했는지…. 늘 목에 무언가 걸린 것 같은 식도염에, 참다못해 방광염으로 고생하던 날들. 이석증으로 하늘이 빙글빙글 돌았습니다. 제 몸 하나도 돌보지 못하면서 누굴 돌보겠다고 했던 건지 후회가 되어 돌아왔습니다.

아침 회의 시간. 다목적실에 붙어 있는 기관의 슬로건이 눈에 들어왔습니다.

'아동이 행복한 ○○○'.

'아이들은 행복한데 왜 난 행복하지 않은 거지?' 스스로에게 물었습니다. 다른 사람의 행복을 위해 나를 희생할 뿐, 웃음기가 사라진 얼굴로는 도저히 행복을 찾을 수 없었습니다. 순간 멈추어 나를 돌아보기 시작했습니다. '나의 세 잎 클로버는 어디에 있는 걸까?' 묻고 또 물었습니다.

이 책은 누군가를 돌보다 지친 사람들에게 일상에서의 자기 돌봄과 마음 챙김을 권하는 에세이입니다. 비행기를 타면 안내 방송이 나옵니다.

"사고 시 다른 사람들을 도와주기 전에 먼저 산소마스크를 쓰세요."

다른 사람을 돕기 위해서 먼저 자신을 돌보고, 스스로에게 좋은 사람이 되어 주세요. 내가 나를 잘 돌봐야 다른 사람들도 잘 돌볼 수 있습니다. 내가 행복해야 남도 행복하게 해줄 수 있습니다. 그래야 진심에서 우러나오는 관심과 사랑으로 다른 사람을 살릴 수 있습니다.

사랑하는 그들의 곁에 오래 머물고 싶다면 몸과 마음이 건강한 모습으로 머물러 주세요. 그 속에 사랑이 가득하길 바랍니다. 힘든 환경에서 묵묵히 자신의 일을 해내고 있는 여러분에게 위로와 공감을 전하고 싶습니다. 감사합니다.

몸과 마음이 건강하고 편안하기를, 그 속에 사랑이 가득하기를 바랍니다.

추천사

천사도 눈물을 흘릴 때가 있습니다. 영혼이 언제나 따뜻할 수만은 없을 때 천사는 얼굴을 감추고 눈물을 흘립니다. 어쩌면 불행에 대해 천사만큼 깊이 이해하는 존재가 없을지 모릅니다. 행복은 '아픔'과 '불행'이란 단어를 이해하고서야 얻어지는 감정이니까요. 누군가를 '돌본다'는 동사는 인간에 대한 '사랑'과 자신보다 우선하는 '배려' 없이는 할 수 없는 일입니다. 사랑과 배려는 그녀와 외로운 존재 사이에 공명(共鳴)하는 고통이 겹치기 때문에 가능한 일일 것입니다. 박소연 작가는 자기 돌봄의 시선을 타자에게로 돌려 그의 고통에 감응할 줄 아는 사람이었습니다. '돌봄'은 사람이 사람을 순순(恂恂)하게 사랑하는 일입니다. 그 사랑의 기록이 여기 있습니다.

이정훈(책과강연 대표기획자)

저자는 아픔을 가진 아이들이 당당하게 용기와 희망을 갖고 살아가도록 손을 잡아 주고 등을 두드려 주며 사랑을 나눈 이야기를 책으로 엮었습니다. 이 책은 자신의 몸과 마음을 사랑하고 존중하는 사람이 다른 사람도 존중하고 도울 수 있음을 보여 줍니다. 자신처럼 돕는 일을 하는 분들도 마음 건강을 돌보며 행복한 매일이 되기를 바라는 마음으로 이 책을 썼습니다. 아이들을 사랑하며 쌓아 올린 아름다운 추억 속에서 잠시라도 쉼을 얻으시기를 바라며 귀한 이 책을 적극 추천합니다.

김미혜(수도국제대학원대학교 겸임교수
/ 행복한가족상담센터 대표)

박소연 선생의 책을 접하면서 새삼 그녀와의 인연을 되짚어 봅니다. 세상에나 10년 세월이 훌쩍 넘습니다. 하기야 제가 시설 아이들의 심리치료와 교육을 위해 그녀를 처음 만났을 때는 꽃다운 아가씨였는데, 지금은 한 아들의 엄마가 되었으니 책이 열 권이 더 나와도 될 세월이겠습니다. '돌보는 사람'을 위한 책이라니… 책 소개 내용을 들여다보는데 울컥 목이 메었습니다. '돌보다'라는 무한 이타적인 동사가 던지는 무게와 힘듦을 너무나 잘 알기 때문입니다. 타인, 특히 돌봄의 결핍으로 고통 받는 '어린 사람들'을 돌보는 그녀의 절절한 현장 이야기와 그녀 자신의 소진(消盡)에 대한 진솔한 자기 고백이 같은 길을 살아온 선배

이자 도반(道伴)으로서의 제게 아린 감동과 애틋함으로 다가옵니다. 더 잘 돌보는 사람이 되기 위해 그녀가 자신에게 주는 다짐이며 약속인 주옥같은 이야기들이 오히려 위로가 되어 다가오는 책, 이 가을 아끼는 후배의 보석 같은 책을 당신께도 권합니다. 우리 모두 건강한 '돌보는 사람'이 될 수 있도록. 돌보는 사람으로서 더욱 단단하고 행복한 박소연 선생을 현장에서 오래도록 만날 수 있기를 기대합니다.

이경하 대표(한국심리발달연구소,맘숨
/ 부산심리치료연구센터,맘숨)

이 책 곳곳에는 박소연 작가의 아이들을 향한 가득한 '사랑'이 묻어 있습니다. 그녀의 삶에서 얻은 깊은 통찰들이 그 사랑에 밑거름이 되어 주고 있습니다. 자기 삶으로부터 출발한 깨달음을 눈앞에 나와 함께하는 이들에게 적용하며 하루하루 어제보다 조금 더 나은 삶을 함께 살아가고자 하는 작가의 마음이 책 속 에피소드마다 듬뿍 담겨 있습니다. 이 책을 통해 우리는 박소연 작가가 아이들을, 그리고 아이들이 박소연 작가를 서로 애틋하게 도와 가고, 돌보아 감을 느낄 수 있습니다. 누군가를 돕는 직업을 가진 모든 이들에게 잔잔한 위로와 따뜻한 공감이 될 책입니다.

홍성향 전문코치(한국코치협회 KSC / 국제코칭연맹 PCC)

이 책은 청소년 상담자들에게 추천하고 싶습니다. 현장에서 아동과 청소년들을 만나면서 '아이 한 명을 키우기 위해서는 온 마을이 필요하다'는 아프리카의 속담이 몸으로 직접 느껴집니다. 관계를 형성하고 어려움을 극복하는 연습이 부족한 아이들일수록 잠재력을 발견해 주는 것이 필요한데, 이처럼 아이를 성숙한 한 인간으로서 키우기 위해서는 양육자의 역할이 매우 중요합니다. 저자는 상담 전문가로서 10년 동안 아동시설에서 경험한 다양한 사례를 통해 아동시설 지도자와 상담자에게 좋은 답안을 제시하기도 하고, 힘들고 지친 청소년 상담자들에게 위로와 자신을 사랑할 수 있는 용기를 전해 주기도 합니다.

이주영(해운대교육청 인성교육강사)

우리는 여러 곳에서 여러 가지 상황으로 다양한 아이들을 만납니다. 자기만의 색깔을 지닌 그 아이들은 한창 배우고 느끼면서 성장해 나가야 하기에 누구 하나 빠짐없이 동일하게 어른들의 관심과 도움을 필요로 합니다. 이런 어른들의 사랑을 아낌없이 받을 때에 비로소 아이들은 튼튼히 자랄 수 있습니다. 그러한 바람으로 아동 상담 일을 소명으로 삼고 살아온 작가가 그 삶의 길에서 만난 아이들과 함께하며 느끼고 배우고 깨달은 것들을 이 책에 진솔하게 담아내었습니다. 작가가 아이들과 신뢰를 쌓아 나가는 과정, 그들의 상황과 감정을 이해하는 과정에 대해 소소한 이야기로 풀어내고 있습니다. 글을 읽다 보면 책 속의 아이들은 우리를 배시시 웃게도 하고 위로하기도 하며 행복을 느끼게도 합니다. 저에게 작가의 책은 오랜 세월 아이들을 만나면서 잊고 있었던 행복한 순간들을 다시금 생각나게 하는 매개체가 되어 주었습니다. 저처럼 '돌보는 삶'의 여정에서 지쳐 있는 사람들이 작가의 책을 통해 위로받을 수 있길 기대합니다.

전은형(양동초등학교 전문상담교사)

상담원으로 근무하면서 하루에도 몇 번씩 감정의 굴레에서 오르락내리락하는 제가 만난 이 책은 '아, 나만 그런 게 아니구나' 공감과 안도감을 주었습니다. 작가는 상담원으로 근무하며 경험하게 된 아이들과의 에피소드를 솔직하고 편안하게 풀어내면서 저에게 위로를 건네줍니다. 자신의 마음보다 타인의 마음을 먼저 챙겨야 하는 현장의 많은 사회복지사, 상담원 선생님들이 함께 이 책을 통해 공감하고 위로받을 수 있었으면 합니다.

박연경(부산 강서구 청소년지원센터 꿈드림 선임상담원)

삶의 모든 기쁨은 사라질 것 같지만,
곤경에 처한 사람을 도왔을 때의 기쁨은
절대 사라지지 않는다.

줄리어스 로젠월드

1장.

도움을 받던 아이,
이제는 도움을 주는 어른으로

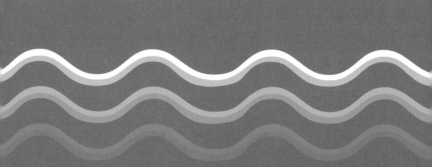

7월의 어느 여름날

7월 초. 출근 3일째 되던 날이었습니다. 하늘을 올려다보니 아침 해가 쨍쨍하게 내리비추어 눈이 부셨습니다. 가만히 있어도 푹 찌는 날씨에 숨이 턱까지 막혔습니다. 무엇을 입을까 고민하다가 단정한 원피스를 골랐습니다. 가슴 쪽엔 하늘하늘 프릴이 휘날리고 아래엔 H라인 치마인 원피스. 상담실에 앉아 아이들과 다소곳이 마주할 모습을 상상했습니다. 출근한 지 채 10분도 되지 않아 작업복으로 갈아입었습니다. "내일부터 편하게 입을 여벌 옷을 챙겨 오세요." 어제 퇴근할 즈음 상사에게 들은 말이 떠올랐습니다. 그때까지는 어떤 일을 하는지 알 수 없었습니다.

직원들은 언제 옷을 갈아입었는지, 집에서나 입을 법한 편한 반팔 티셔츠와 헐렁한 바지 차림에 긴 머리를 질끈 묶은 모습이었습니다. 저는 부시맨처럼 검은색 반팔 티셔츠에 반바지를 입고 직원들을 따라나섰습니다.

어릴 적 마당이 있는 넓은 집에 살고 싶다고 했지만, 이렇게 넓은 마당과 화단이 있는 곳에서 일할 거란 상상은 해본 적이 없었습니다. 처음 면접을 보러 왔을 때 넓고 깨끗한 환경이 마음에 들었습니다. 수목원처럼 정돈된 화단, 곳곳에 피어 있던 알록달록한 꽃들, 꽃 위에 팔랑팔랑 날아와 앉는 나비를 보고 수목원 같다고 생각했어요. 참 예뻤죠. 이곳에서 아이들이 웃으며 뛰어노는 모습을 상상했어요. 상상하는 것만으로도 행복했습니다. 생각해 보니 사회복지시설의 예산으로는 관리인을 두기 어렵기에 화단 관리는 전 직원의 몫이었어요. '아차!' 싶었습니다. 쾌적한 상담실에 앉아 아이들을 상담할 거라는 예상은 빗나갔습니다. 어느새 저는 내 키만 한 봉솔을 들고 파란 장화를 신고 있었죠.

　사무실 앞마당에 물청소하는 날이었습니다. 바닥에 물을 뿌려 타일의 묵은 때를 박박 닦아 냈습니다. 쓱쓱 싹싹. 잠을 자고 있던 구정물과 이끼들이 속속 튀어나왔습니다. 얼굴과 등줄기에 땀이 줄줄 흘렀습니다. 어릴 적 물장난하며 뛰어놀 줄만 알았지 너른 마당을 청소할 줄은 꿈에도 생각하지 못했습니다.

　아차 하는 순간, 한 선생님이 갈색 대야에 담겨 있던 물을 바닥으로 붓다가 제 다리로 '촤' 하며 물이 튀었습니다. 차가운

물이 와 닿는 찰나, 꿈같던 환상이 깨졌습니다. 열악한 환경에서 궂은일을 하며 보육원 아이들을 키우는 모습, 빨간 대야에 이불을 넣고 밟는 장면. 예전에 텔레비전에서 보았던 보육원의 모습이 떠올랐습니다.

어려운 아이들을 돕겠다고, 상담을 하겠다고 하면서 무슨 호화스러움과 편안함을 누리려고 했던 걸까요. '일에 대해 환상을 가지고 있었구나!' 마당을 문지르며 뒤늦게 깨달았습니다. '임상심리상담원'이라는 글자로만 이 직업을 알았던 겁니다. 상담실에 고상하게 앉아 전문가처럼 이야기하는 모습을 상상했던 거죠. 이날부터 제 안에 물음이 일어났습니다.

'진정 아이들을 위해 일한다는 것은 뭘까?'
'아이들에게 좋은 선생님은 어떤 사람일까?'
'나는 왜 이곳에 있는가? 어떤 역할을 해야 할까?'

물음에 대한 답은 업무 매뉴얼에 나와 있지 않았습니다. 때로 몸으로 부딪치고, 마음으로 깨달으며 스스로 찾아가야 했습니다.

아이들의 맑고 동그란 눈에 비친 나

⛵

매일 아침 출근 준비를 하고 아이들이 생활하는 사회복지시설로 발걸음을 옮깁니다. 학교 가는 아이들과 마주쳤습니다. "임상 선생님, 심리치료 선생님" 하며 달려오는 아이들을 두 팔 벌려 안아 줍니다.

사무실에 들어서면 '임상심리상담원' 목걸이 명찰을 메고 조끼를 입습니다. 저는 아이들이 복지시설에 입소하면 안정적으로 지낼 수 있게 상담을 하고, 필요한 심리검사와 심리치료를 지원합니다. 아이들이 건강하고 행복하게 지낼 수 있도록 돕는 일이죠.

하루는 초등학교 같은 반 친구가 현지를 놀렸습니다.

"너 엄마 없지? 너 고아원에서 지내지?"

한 아이가 알게 되자 다른 친구들도 현지를 무시하며 놀렸습니다. 우여곡절 끝에 학교 친구들의 사과를 받긴 했지만 현지가 받은 상처는 어떻게 보듬어 줄 수 있을까요? 부모님과 떨어져 지내면서 받은 상처, 친구들에게 놀림 받은 상처. 현지가 받은 상처의 깊이는 감히 가늠할 수 없습니다. 이 세상에 엄마 아빠 없이 태어난 사람은 없으니까요. 다만 부모님과 함께 지내기 어려워서 잠시 또는 오랜 시간 떨어져 지낼 뿐입니다.

예전에는 고아들이 생활했다면, 지금은 부모의 학대나 방임, 경제적인 이유로 같이 살지 못하는 아이들이 사회복지시설에서 지냅니다. 가정이 회복되어 부모님의 곁으로 돌아가는 아이들도 있고, 부모님과 연락이 되지 않는 아이들은 성인이 되어 자립할 수 있는 힘을 키워 갑니다.

이곳이 저에게는 직장이지만, 아이들에게는 '집'입니다. 한 집에 9~12명씩 생활하는데, 신생아부터 고3 아이들까지 저마다 아픈 사연을 가슴에 품고 살아갑니다. 제가 아이들에게 해줄 수 있는 건 그저 눈을 바라보고 이야기를 들어 주는 게 전부였습니다.

처음 입사했을 때, 밝은 아이들의 모습이 반가웠습니다. 해맑은 표정, 낭랑한 목소리. 머리부터 발끝까지 사랑스러웠습니다. 하지만 눈으로 예뻐하는 것과 행동으로 지도하는 건 다른 일이었습니다. 일과를 마칠 때면 폭풍이 한차례 휘몰아치고 지나간 듯 진이 빠졌습니다. 열악한 환경에서 내가 잘 견뎌 낼 수 있을지 두려움이 컸습니다.

한편으로 아이들과 친해졌다가 이별의 상처를 남기고 떠나게 될까 봐 망설여졌습니다. 그럴 때마다 다짐했습니다.

'미리 걱정하지 말자. 하루하루 아이들과 좋은 추억을 만들자. 힘들어할 때 곁에 있어 주자. 아이들에게 좋은 사람이 되어 주자.'

어느 날 상담을 마치고 웃고 있는 아이들의 눈을 지그시 바라보았습니다. 맑고 동그란 눈동자 안에 웃고 있는 제 얼굴이 보였습니다. 아이들의 눈과 마음속에 제가 살고 있더군요. 코끝이 찡했습니다.

'나는 왜 지금까지 아이들과 함께해 왔을까?' 돌이켜 생각해 보니 제가 아이들에게 준 사랑보다 받은 사랑이 더 크더군요. 힘들어도 이 일을 계속할 수 있는 이유도 아이들 덕분이었죠.

사계절 알록달록 꽃이 피는 곳, 아이들의 웃음꽃이 피는 곳. 나는 이 일이, 이곳이 좋습니다.

살리려고 애쓴 마음을 알기에

⛵

  부모님은 일을 하러 가게에 나가셨고, 저는 언니와 외할머니 집에서 장난감을 가지고 놀고 있었습니다. 어릴 때 가정집에서 살았고, 마당에는 공용 화장실과 우물이 있었습니다. 하루는 화장실에 갔다가 손을 씻고, 우물에 손을 첨벙거리며 신나게 놀고 있었습니다. 아뿔싸, 순식간에 다라이 통 안으로 몸이 빨려 들어갔습니다. 물속에서 빠져나오려 팔다리를 버둥거릴수록 물만 더 먹을 뿐, 허우적거리다 의식을 잃었습니다.

  언니가 화장실을 가려고 나왔던 찰나, 저를 발견했습니다. "할머니! 소연이가 물에 들어갔어요." 설거지를 하던 외할머니는 그 말을 듣고 놀라 버선발로 뛰어나왔습니다. "아이고, 아이고 이게 무슨 일이고." 물속에서 의식이 없이 둥둥 떠 있는 저를 꺼내어 부둥켜안았습니다. 다급한 마음으로 몸속의 물을 빼내려고 연신 등을 두드렸습니다. 얼음장처럼 차가워진 제 몸을 수건으로 닦고 토닥이며 저를 살리려고 애를 쓰셨습니다. 콜록콜록 코와 입으로 물을 뱉어 냈습니다. 기적 같은 순간이었습니다.

저는 죽을 뻔한 고비를 넘겼습니다. 언니가 저를 발견하지 못했다면, 또 외할머니가 저를 구해 주지 못했다면 어땠을까요? 아마도 지금의 저는 이 세상에 없을 겁니다. 가끔 이런 생각을 합니다. '어린 나이에 세상을 떠났더라면, 소중한 가족의 품을 떠났더라면 내가 이런 행복을 누릴 수 있었을까? 지금 이 순간 숨 쉬며 살아가는 게 기적이다. 다른 사람들에게 도움이 되는 사람으로 살아야겠다.' 다짐하고 또 다짐합니다.

아이들은 누군가 베푼 도움의 손길로 이곳에 오게 되었을 겁니다. 감당하기 힘든 시련과 우여곡절 끝에 이곳에 온 아이들을 보면 문득 외할머니 생각이 납니다. 우물에 빠진 나를 구해 낸 마음. 나를 살리려고 애쓴 마음. "아이고, 우리 아기 살려 주셔서 감사합니다" 하고 외친 외할머니의 마음으로 아이들을 대하고 싶습니다.

아이들을 살려 주셔서 감사합니다. 아이들을 위험한 환경에서 구해 주셔서 감사합니다. 깨끗하고 안전한 곳에서 보호받을 수 있게 해 주셔서 감사합니다. 좋은 사람들과 함께 웃으며 지낼 수 있게 해 주셔서 감사합니다.

따뜻한 도움의 손길

⛵

폭염으로 33도를 웃도는 날씨. 연신 에어컨과 선풍기를 돌려대도 무더운 날씨에 진이 다 빠질 지경이었죠. 태어난 지 5일째 된 지유는 엄마의 품에 안겨 어디론가 함께 집을 나섰다 홀로 남겨졌습니다. 짓누르듯 내리쬐는 햇볕, 숨이 막힐 듯한 날씨에 지유는 39도까지 열이 펄펄 끓어올랐습니다. 지유는 살기 위해 울고 또 울었습니다. '나 여기 있어요. 살려 주세요. 도와주세요.'

119 구조대에 의해 구조된 지유는 임시보호소에서 지내다 담당 선생님의 품에 안겨 이곳으로 왔습니다. 속눈썹이 길고 삐쭉 머리가 귀엽던 지유. 처음 지유를 안았을 때 심장이 쿵쾅거렸습니다. '콩닥콩닥.' 제 심장보다 빠르고 건강하게 뛰었습니다. 일을 하다 피곤하고 지칠 때 지유를 보러 생활실에 올라갔습니다. 분유를 먹고 금방 잠이 들었다고 하더군요. "지유야" 하고 이름을 부르니 배냇짓을 하며 웃더군요. 하늘에서 내

려온 아기천사 같았죠. 바빠도 지유가 꼬물꼬물 놀고 있는 모습을 보러 갔어요. 그럴 때마다 지유의 미소가 제 얼어붙은 마음을 사르르 녹여 주었습니다.

지유를 보며 제 어린 시절이 생각났습니다. 어느 봄날, 여섯 살 아이는 언니를 따라 집을 나섰다 길을 잃었습니다. 입고 있던 꽃무늬 원피스의 리본 끈이 풀어져 땅에 질질, 눈에선 눈물이 뚝뚝. 하늘에선 애꿎은 비가 내렸습니다. 어디로 가야 할지 한 발도 떼지 못하고 울고만 있던 그때, 한 아저씨가 나타나 우산을 씌워 주며 가게 안으로 들어오라 합니다. 하얀색, 파란색, 빨간색 사인볼이 돌아가는 이용원이었습니다.

"길을 잃었니? 엄마는? 너 집이 어디야?" 비에 흠뻑 젖은 아이의 얼굴과 몸을 수건으로 닦아 주었습니다. 우는 아이를 달래며 꽃무늬 원피스에 달린 빨간색 병아리 이름표에 있는 전화번호로 전화를 걸었습니다. '이름 박소연 전화번호 ○○○-○○○○'.

"아아, 여보세요? 여기 서호시장 ○○이용원인데, 박소연이라는 애가 그 집 아가 맞습니꺼? 애가 엄마를 애타게 찾고 있어요. 애 잃어버렸지예. 여기에 있는데 데리고 가실랍니까?" 엄마와 통화가 끝난 후 근처에 살던 외삼촌이 저를 데리고 집으로 왔습니다. 눈물, 콧물 범벅에 옷은 구질구질. 아이는 엄마의 품에 안겨 엉엉 울었습니다. 유난히도 따뜻했던 엄마의 품. 다시는 가족과 헤어지기 싫었습니다.

폭염 속에서 지유를 구해 준 119 구조대 아저씨, 비 오는 날 저를 구해 준 이용원 아저씨. 그 따뜻했던 도움의 손길을 잊지 못합니다. 저는 가족의 품으로 돌아오지 못했다면 신문 한쪽 구석 '가족을 찾습니다' 코너에 실렸을지도 모릅니다.

아이들은 처음 입소하게 되면 낯선 공간, 낯선 사람들을 마주하게 됩니다. 또래 친구들이 있어도 서먹하고, 새로운 곳에서 지내려면 적응 기간이 필요합니다. 자신이 원해서가 아닌 어른들의 학대나 방임, 경제적으로 어려운 상황, 직접 양육하지 못하는 이유로 아이들은 이곳에 오게 됩니다. 몸과 마음의 상처를 품에 안고 들어온 아이들.

저의 어린 시절 이야기를 아이들에게 들려줍니다.

"선생님이 어릴 때 길을 잃어버려서 집으로 못 돌아올 뻔했어. 그래서 영영 가족들이랑 떨어져 지낼 뻔했는데, 어떤 착한 아저씨가 집에 연락해 주셔서 가족들 품에 돌아올 수 있게 되었어."

"정말요? 그런 일이 있었어요?" 아이들은 신기한 눈으로 저를 바라봅니다.

"지금은 어쩔 수 없이 가족들과 떨어져 지내고 있어 속상할 거야. 연락도 안 되고, 보고 싶어도 자주 볼 수가 없어. 잠시 떨어져 있는 동안 몸과 마음에 난 상처부터 치료해 나가자. 선생님의 도움이 필요하면 언제든 이야기해 줘. 잘 지낼 수 있도록 도와줄게."

아이들은 함께 살던 부모님과 '헤어졌다, 버림받았다'는 이별과 상실에 대한 트라우마가 있어요. 아이들이 머무는 동안 이곳이 쉼터가 되어 몸과 마음의 상처를 치유하고, 편안하게 지내기를 바랍니다. 아이들이 가족과 함께 언제 다시 지낼 수 있을지, 시간이 얼마나 걸릴지 알 수 없어요. 그렇지만 조건 없이 저를 도와주셨던 그분처럼 저도 아이들 곁에서 힘들 때 손을 내미는 어른이고 싶습니다.

이제는 제가 받았던 사랑을 아이들에게 베풀고 싶어요. 따뜻하게 손도 잡아 주고, 또 안아 주려고요.

가족과 떨어져 지내는 시간이 힘들고 외롭지 않도록, 믿을 만한 어른이 곁에 있다는 이유만으로 안정감을 느낄 수 있도록, 그 빈자리에 잠시나마 제가 있기를 원합니다.

용기 내서 말해 봐

⛵

유빈이와 상담하는 날이었습니다. "유빈아, 어떤 장난감을 가지고 놀까?" 유빈이는 배시시 웃기만 할 뿐 표현을 잘하지 못했습니다. 모기만 한 목소리로 "선생님이 하고 싶은 놀이 하자요"라고 속삭였습니다. "오늘은 너를 위한 시간인데? 유빈이는 하고 싶은 거 없었어?"

유빈이는 학교 친구들 사이에서도 양보를 잘하고, 선생님을 잘 도와주는 아이였습니다. 바다처럼 넓은 마음으로 배려하고 양보하는 모습이 기특했습니다. 그런데 유빈이는 자신보다 친구의 생각이 옳다고 여겼습니다. 마치 자신이 중요하지 않은 사람인 것처럼요.

일곱 살이었던 저는 언니와 같이 단골 미화당 슈퍼에 갔습니다. 어릴 때는 용돈을 받아 마트에서 과자 하나 사 오는 게 제일 큰 즐거움이었습니다. 용돈 1,000원을 들고 슈퍼에 가서 사탕 50원짜리 2개, 300원짜리 과자를 비닐봉지 한가득 사올 수 있었어요. 한 손에 천 원을 꼭 쥐고는 언니와 먹고 싶은 과자를 고르고 있었습니다. 새로 나온 과자가 있어서 그 과자를 손에 들고 주인아저씨에게 쭈뼛쭈뼛 다가갔습니다.

"아저씨, 이거 얼마예요?" 모기만 한 목소리로 말했습니다.

"뭐라고?" 하며 아저씨는 되물었습니다.

크게 말한다고 생각했는데 너무 작아서 들리지도 않았던 모양입니다. 당황한 나머지 얼굴이 새빨갛게 되어 눈물이 날 것만 같았습니다. 아저씨는 재미있는지 저를 보고 웃으셨지요. 터져 나올 것 같은 눈물을 꾹 참고 한 번 더 "아저씨, 이거 얼마예요?" 조금 더 크게 말을 하니 아저씨가 웃으면서 대답했습니다. "300원이야. 이거 오늘 새로 나온 과자야. 맛있어." 단골 슈퍼인데도 과자를 살 때도 무엇을 사야 할지, 그리고 얼마인지 물어보는 게 어려웠습니다. 경험이 부족했던 것이죠.

유빈이도 자신이 무엇을 하고 싶은지, 뭘 하며 놀고 싶은지, 무얼 좋아하는지 잘 말하지 못했습니다. 단체 생활에선 스스로 선택하는 것보다 선생님이 시키는 걸 하는 게 익숙하기 때문이죠. 유빈이와 약속했습니다. "여기에 오면 유빈이가 하고 싶은 놀이를 할 거야. 유빈이가 선생님과 놀아 주는 거 어때?"

유빈이의 주도성을 길러 주고 싶었습니다.

유빈이와 놀이하면서 늘 누군가에게 맞춰 주는 나 자신을 바라보았습니다. "뭐 먹고 싶어?"라고 물어보면 "아무거나 잘 먹어요", "뭐 하면서 놀까?" 하면 "언니가 하고 싶은 거" 하며 늘 의존했었죠. 하고 싶은 것도, 궁금한 것도 많지만 소극적인 성향 탓에 자신 있게 이야기하지 못했습니다. 자신의 의사를 잘 표현하지 못하는 아이들에게, 그렇게 살아온 나에게 용기를 주고 싶어요.

"얘들아, 처음은 누구나 서투르지. 서툴러도 용기 내서 한번 말해 봐. 틀려도, 실수해도 괜찮아. 어릴 땐 어깨너머로 어른들이 하는 걸 보고 배우면서 크는 거야. 점점 익숙해지면 스스로 할 수 있는 게 많아지지. 한 발 한 발 나아가다 보면 세상엔 즐거운 일이 많다는 걸 알게 될 거야. 부끄러움을 잠시 내려놓고 용기 내서 한번 해봐. 좋아하는 것, 잘하는 것, 인생을 즐겁게 살아가는 방법도 알게 될 테니까."

좋은 사람이고 싶어

어린 시절 아버지는 딸인 저를 "아들"이라고 부르셨습니다. 제가 어머니의 배 속에 있을 때 태동도 남자 아기처럼 크고 남달랐다고 합니다. 첫째가 딸이었으니 둘째는 아들일 거라 기대했는데, 딸이 태어났습니다.

아버지는 제가 '아들'이었으면 하고 우스갯말로 이야기하시지만, 그 말이 어린 딸의 마음에는 상처로 남았습니다. '내가 아들로 태어났어야 했는데, 딸로 태어났구나. 나는 태어나지 말았어야 했어' 하는 죄책감이 어린 마음 한구석을 차지했습니다.

어머니께서는 저를 조산소에서 낳으셨습니다. 같이 가셨던 외할머니께서는 갓 태어난 저를 품에 안고 아버지 가게로 오셨습니다. 아버지의 말에 의하면, 외할머니께서 저를 겉싸개를 한 그 상태로 따뜻한 안방에 눕혀 놓고, 한 마디 말씀도 없이 대걸레를 빨아 가게 바닥을 닦으셨다고 합니다. 자기 딸이 아들을 낳지 못한 미안함에 그러셨겠죠. 남매가 아닌 자매로 자랐고, 말을 잘 듣는 '착한 아이'로 살아가게 되었습니다.

인정받고 싶은 마음에 부모님 말씀을 잘 듣는 착한 딸, 언니에게 양보하는 착한 동생이 되려 했습니다. 어릴 때 "언니 먼저 해 주세요" 하고 양보하는 모습에 칭찬받았습니다. 학교에서 받은 간식, 슈퍼에서 산 과자도 언니에게 주었습니다. 어릴 때 물에 빠진 저를 구해 준 언니였기에 더 고맙기도 했지만, 한편으로 언니에게 양보해 칭찬받고 싶은 마음이 컸습니다.

중학교 1학년. 봄이 지나고 더운 여름이 왔습니다. 이름과 얼굴만 아는 옆 반 친구가 우리 반으로 달려와 체육복을 빌리러 다녔습니다. 저와 눈이 딱 마주쳤는데 다짜고짜 체육복을 빌려 달라고 했습니다. "제발 한 번만!" 하며 부탁하는 친구를 외면할 수 없었습니다. 하복 체육복을 빌려주며 말했습니다.

"꼭 돌려줘야 해."

다음 날, 그 친구는 사물함 열쇠를 안 가지고 왔다고 뻔뻔하게 말하며 체육복을 돌려주지 않았습니다. 미안하단 사과도 하지 않아, 저는 화가 났습니다. 시간이 없었기에 가지고 있던 동복 체육복을 꺼내 입고 무용실로 향했습니다. 수업 전, 무용 선생님은 "다 반팔 체육복을 입고 있는데 왜 너만 긴팔이야. 네가 일진이야? 튀고 싶어서 그래?" 들고 있던 나무 스틱으로 제 머리를 툭 하고 때리셨습니다.

억울함이 밀려왔습니다. 터져 나오는 눈물을 꾹 참고 무용 동작을 따라 했습니다. '난 그저 친구를 위해 물건을 빌려준 건데, 왜 내 것이 없어서 혼나야 하는지. 다시는 내가 빌려주나 봐라.' 다짐하고 또 다짐했습니다. 그런 다짐도 잠시, 누군가가 도와달라고 하면 기꺼이 또 도와주려고 합니다.

　저는 거절하기가 어렵습니다. 누군가가 도와달라는 말을 하면 마음이 쓰여 계속 도와주게 됩니다. 누군가 부탁했지만, 내가 들어주지 않아 그 사람이 잘못되는 게 꼭 제 잘못 같았습니다. 저와 관련 없는 일인데 왜 마음이 쓰였을까요. 곰곰이 생각해 보니, 그 사람이 잘되었으면 하고 바라는 마음이 있었어요. 제 도움으로 실수를 줄이고, 일을 빠르게 해결할 수 있다면 기꺼이 돕고 싶은 마음은 지금도 그대로예요.

　누군가를 돕는 일이 나에게 어떤 대가와 보답을 주지 않아도 괜찮다고 생각했습니다. 그런데 가끔은 도와주고도 섭섭한 마음이 듭니다. 도움 받는 걸 너무나도 당연하게 생각하고, 희생해서 도와주길 바랄 때요. 돕는 것에 대해 회의감이 들 때 '내 몸과 마음은 어떻지?' 하고 들여다보면 손가락 하나도 까딱하기 싫을 만큼 몸은 지쳐 있고, 샘솟던 사랑의 샘은 말라 가고 있더군요. 내 것을 나누어 주기만 하다 보니 더 이상 내어 줄 것이 없었던 거죠.

도와주는 사람도 때론 도움의 손길과 휴식이 필요해요. 다른 사람에게 좋은 사람이 되기 위해서는 먼저 자기 자신에게 좋은 사람이 되어야 해요. 자기 자신에게 좋은 사람일수록 다른 사람에게 더 좋은 사람이 될 수 있어요.

행복하기 위한 최소한의 노력

초등학교 3학년 1학기. 반 친구들과 운동장에서 얼음땡 놀이를 하고 있었습니다. 이리저리 도망치다 상현이가 술래가 되었습니다. "아 왜 내가 술래가 돼야 해" 투덜거리더니 나를 잡으러 달려왔습니다. 요리조리 잘 피해 가다가 팔을 모으고 제자리에 멈춰 "얼음!" 하고 외쳤습니다. 그런데 상현이가 자신이 나를 먼저 잡았다고 합니다.

"아니야. 내가 먼저 멈춰서 얼음이라고 했잖아!"

"아니. 내가 먼저 잡았잖아."

옥신각신 실랑이가 벌어지는 가운데 친구들이 내 편을 들었습니다. 상현이는 "아, 기분 나빠. 나 안 할래" 하며 놀이에서 빠졌습니다. 어쩔 수 없이 내가 술래가 되어 친구들을 잡으러 다녔습니다. 그러던 중 돌이 발에 차였습니다. 처음엔 운동장에 있던 돌에 걸린 줄 알았는데, 알고 보니 상현이가 나에게 던진 돌이었습니다. 그 돌이 하필 제 발목에 '딱' 하고 맞았습니다.

수업 시간에 배운 '눈에는 눈, 이에는 이'라는 속담이 생각났습니다. '지금 나를 공격했어? 너도 당해 봐라.' 발아래로 떨어진 돌을 상현이에게 힘껏 던졌습니다. 하필 그 돌이 바닥도, 신발도 아닌 도망치던 상현이 뒤통수에 '딱' 하고 명중했습니다. "아악!" 하며 비명이 들렸습니다. 뛰어놀던 친구들도 일제히 얼음이 되었습니다.

　　종례 시간에 단체로 담임 선생님에게 혼이 났습니다. 양호실에서 치료받고 뒷문으로 들어오는 상현이의 뒤통수에 하얀색 솜과 반창고가 붙어 있었습니다. '많이 다쳤으면 어떻게 하지' 걱정되었습니다. 친구들이 집으로 가고 저와 상현이는 교실에 남았습니다.

　　담임 선생님께서 말씀하셨습니다.

　　"놀이를 하면서 싸울 수도 있어. 이기고 잘하는 것도 중요한데, 서로 양보하면서 놀이를 재미있게 하는 게 더 중요해. 놀이에서 이기면 기분이 좋지만, 때론 지는 게 이기는 거란다."

　　빈 운동장을 지나 혼자 가방을 메고 터덜터덜 집으로 돌아오면서 생각했습니다. '진짜 지는 게 이기는 걸까? 게임은 잘하고, 이겨야 재미있는 거 아냐?' 그 일로 어색해진 사이가 불편했는데, 저는 아버지의 사업으로 다른 동네로 전학을 가게 되었습니다.

놀이를 방해한 친구에게 '눈에는 눈, 이에는 이'라는 말이 떠올랐던 건 왜였을까요? 상대방이 나쁜 행동을 한다고 해서 똑같이 대하는 건 복수지 서로를 위한 게 아니에요. 분위기를 흐리고 방해를 한 건 친구의 잘못이지만, 친구를 다치게 한 건 제 잘못이었습니다. 이 일이 친구에게는 몸의 상처로, 저에게는 마음의 상처로 남았습니다. 그 후로 사소한 일에도 선생님의 말씀을 기억하며 '내가 좀 지면 어때. 내가 좀 양보하면 어때'라고 생각했습니다.

우주와 유빈이가 각자 보고 싶은 만화영화를 보겠다고 리모컨 쟁탈전을 벌였습니다. 채널을 돌리고, 리모컨을 뺏고, 화면을 가리며 방해했죠. 처음엔 장난이었지만 나중엔 화가 번져 싸움이 일어났어요. 아이들에게 지금 보고 싶은 걸 눈앞에 두고 양보하기란 쉽지 않은 일이겠지요.

아이들을 지도하다 보면 "네가 먼저 했잖아", "아니야. 네가 먼저 했잖아" 서로 남 탓만 늘어놓는 경우가 있습니다. 그 순간 자신이 했던 말과 행동은 보지 못하고, 상대방이 나에게 상처 준 말과 행동만 기억합니다.

저는 아이들을 진정시키고 물어봅니다. "남이 나를 때렸다고 해서 너도 똑같이 때릴 거니?" 처음엔 "네"라고 대답하지만, 조금 더 시간을 주면 "아니요. 그렇게 하면 안 돼요"라고 스스로 깨닫습니다. 다른 사람을 다치게 하는 게 잘못된 행동인 걸 알고 있지만, 그 순간만큼은 자신의 화를 참을 수 없을 만큼 힘들 거예요.

누구나 자기 보호를 위해 순간적인 감정에 휩싸일 때가 있어요. 이럴 때 이성적으로 대처하려고 한 번 더 감정을 들여다보면 욕구와 감정이 분리됩니다. 그래서 아이들이 싸우면 저는 생각할 시간을 주는 편입니다. 그러면 아이들의 감정이 차분해지면서 스스로 느낍니다. 만화영화를 보는 건 즐겁기 위함이지, 상대방을 방해하기 위한 것이 아님을 알게 되죠.

'나의 욕구와 감정을 솔직하게 말하되, 상대방에게 피해 주지 않는 방법'. 이것이 우리가 함께 행복하게 살아가기 위한 최소한의 노력이 아닐까요.

배우는 마음, 해 보겠다는 마음

부산에 3호선 지하철이 생기고 얼마 되지 않았을 때입니다. 스물두 살. 첫 이력서를 품에 안고 지하철에 올랐습니다. 어두 컴컴한 지하철을 타고 가는데 한 줄기 빛이 보이더니 지상철로 올라왔습니다. 처음 한강 다리를 건넜던 것처럼 저는 낙동강을 건너 새로운 세상으로 나왔습니다. 눈앞에 파란 강과 구름이 보였고, 초록빛 밭이 눈앞에 펼쳐졌습니다.

대학 졸업과 동시에 자원봉사센터에서 일할 기회가 생겼습니다. 낯설기만 한 동네, 낯선 사람들. 이젠 봉사자가 아닌 실무자로서 세상에 첫발을 떼었습니다. 청소년 봉사활동 사업을 맡고, 봉사자들의 봉사 시간을 관리했습니다. 하루가 멀다 하고 검은색 결재판에 서류를 올리면 꼭 0점 맞은 시험지처럼 빨간 비가 내렸습니다. 매일 다시, 또다시 결재를 올렸습니다. 몸으로만 하는 일이 아닌 머리로, 서류로 남겨야 하는 일이 쉽지만은 않았습니다. 매일 지하철을 갈아타며 다짐했습니다.

'기필코 빨간 펜이 표시되지 않을 때까지 해내겠다.' 고역 같던 한 달이 지나 연간 계획서, 프로그램과 동아리 사업 관련 서류를 모두 결재받고 새로운 프로그램을 시작했습니다.

몇 달이 지나 새 사업이 생기면서 교육 담당 직원을 채용했습니다. 그분은 저보다 여덟 살이 많았습니다. 그분은 교육 자료를 만들어야 하는 업무를 맡고 골머리를 앓았습니다. 사회복지 예산이라는 게 적게 책정되어 인쇄만 맡길 수 있을 만큼이었죠. 말로는 할 수 있겠는데 책자로는 만들기 어렵다며 저에게 부탁했습니다. 서류작업을 잘하는 것 같은데, 좀 도와달라고요.

그분은 저보다 높은 급여를 받았지만, 할 수 있는 일이 많지 않았습니다. 늘 자리만 지키고 있는 듯 보였고, 눈치 보기 바빴습니다. 상사가 자리를 비우면 저에게 와서 얼마만큼 교육 자료가 완성되었냐고 묻기만 할 뿐, 하는 게 없었습니다.

"선생님, 이게 제 업무인가요? 선생님이 직접 하셔야죠."

"아…, 선생님이 잘하니까… 좀 해 줘요. 나는 말만 잘하지 이런 건 소질이 없어. 나 오늘도 깨지면 안 되니까 좀 봐줘요."

꼼꼼한 빨간 펜 상사에게 단련이 된 나는 괜찮았지만, 여전히 적응하기 힘든 교육 담당 직원은 좌불안석이었습니다. 기한은 다가오는데 정작 할 수 있는 건 아무것도 없었으니까요. 결근까지 하며 버티던 직원은 결국 그만두고 말았죠. 그 일은 저에게 돌아왔습니다.

그때가 '자원봉사'에 대해 제일 많이 검색한 시기였습니다. 다들 퇴근한 빈 사무실에 혼자 남아 키보드를 두드렸습니다. 창 너머로 빨간 노을이 지고 어둠이 찾아왔습니다. 인터넷 검색을 하며 전문가들이 만들어 놓은 자료를 참고해서 열 페이지 정도 되는 청소년 자원봉사 교육 매뉴얼을 완성했습니다. 자원봉사 교육을 나가서 아이들에게 쉽고 재미있게 활용되는 걸 보면서 속으로 뿌듯했습니다. '아이들에게 꼭 필요한 거였구나. 만들기를 잘했어.'

처음엔 내가 왜 다른 사람의 업무를 해야 하는지 이해가 되지 않았어요. 나에게 의존하는 직원도 싫었고요. 수시로 일어나는 일들로 바쁜데, 교육 자료를 만드는 일이 내 업무가 되어 가는 것도 부담스러웠죠. 그런데 완성되어 가는 교육 자료를 보면서 꼭 제대로 완성하고 싶다는 마음이 들었습니다. 아마도 못한다고 거절했다면 이 분야에 대해 공부할 기회도 없었을 테고, 상사에게 일을 배우지도 못했을 거예요. 저는 무슨 일이든 배우겠다, 해 보겠다는 마음이 반이라는 걸, 그런 마음으로 행동하면 결국 답을 찾을 수 있다는 걸 몸소 깨달았습니다.

결국 일을 하면서 나를 이기는 순간, 보람과 성취를 맛보는 순간들이 모여 전문가가 되어 간다는 것도 알게 되었습니다. 이제는 그냥 도와주는 사람이 아닌, 전문적으로 도와주는 사람이고 싶습니다.

진짜 어른이 되어 가는 중입니다

⛵

청소년수련관에서 청소년 지도사로서 아이들을 만났습니다. 청소년의 심리와 상담에 관해 공부하면서 꼭 해 보고 싶은 일이었거든요. 제가 맡은 아이들은 중 1, 2학년 아이들이었어요. 하교 후 아이들이 수련관에 오면 저녁 식사도 챙겨 주고, 기초 학습과 댄스, 밴드 수업을 들을 수 있게 했어요. 수련관에는 방과후아카데미를 졸업한 아이들도 찾아왔습니다.

하루는 고3 호영이가 편의점 커피를 사 들고 수련관을 찾았습니다. 제가 담당했던 아이는 아니었지만, 호영이는 싹싹하고 붙임성이 좋아 저와 친해졌습니다. 호영이가 중학생이었을 때는 수업도 듣고 주말에 체험학습도 같이 갔다고 하던데, 고등학생이 되면서 서비스를 받지 못하게 되었다고 하더군요. 그래도 호영이는 수련관이 좋은지 종종 놀러 왔습니다.

"안녕하세요. 선생님들 고생 많으시죠? 커피 드시고 힘내세요!"

"호영아, 네가 무슨 돈이 있어서 이런 걸 다 사 왔니?"

"저 알바 해서 월급 받았어요."

"다음부턴 이런 거 사 오지 마. 돈 모아야지."

호영이는 키도 크고 성격도 좋아서 사회복지시설에서 지내는지 몰랐습니다. 종종 이야기를 나누다 보니 자연스럽게 호영이의 어려운 사정도 알게 되었습니다. 고3 졸업을 앞두고 백화점에서 주차 알바를 하고, 전단지를 돌리며 용돈을 벌고 있었습니다. 아직 열아홉 어린 나이에 세상에 나갈 준비를 하고, 스무 살이 되면 지금 있는 곳에서도 지낼 수 없어 독립해야 한다더군요. 웃으면서 이야기하는 호영이의 얼굴에서 왠지 모를 두려움과 삶의 무게가 느껴졌습니다.

제 업무 중 하나는 수업이 끝나면 차량으로 아이들을 집으로 데려다주는 일이었습니다. 저녁 9시에 아이들을 집 근처에 내려 주었습니다. 호영이처럼 시설에서 지내는 몇몇 아이들이 있었는데, 시설은 외진 곳에 있었습니다. 저녁이 되면 버스도 잘 다니지 않아 귀가하는 길이 멀고 무서워 보였습니다.

다른 아이들이 다 내리고 마지막으로 호영이를 데려다주면서 못다 한 이야기를 나눴습니다.

"호영아, 너 키만 큰 게 아니라 진짜 어른이 되어 가고 있구나. 두렵기도 할 텐데 부지런히 아르바이트도 하고, 하나씩 준비하고 있구나. 선생님이 도와줄 만한 게 있을까?"

"에이 선생님, 저 이제 진짜 어른이거든요. 시설에 있는 보육사 선생님들이 또 도와주셔서 잘 준비하고 있어요. 걱정하지 마세요. 말씀만이라도 감사해요."

호영이를 내려 주고 수련관으로 돌아오며 생각에 잠겼습니다. 저는 스무 살 때 혼자 독립한다는 생각을 해본 적이 없습니다. 부모님과 함께 지내며 따뜻한 밥을 먹고, 뭐 부탁할 게 있으면 늘 부모님께 부탁하거나 별거 아닌 일에도 투덜거렸는데, 호영이 이야기를 들으며 나 자신이 부끄러웠습니다.

홀로, 혼자 부모님의 도움 없이 살아간다는 것. 왠지 막막해 보였습니다. 방과후아카데미에 오는 친구들을 보면 일찍 부모님과 헤어진 아이들도 있고, 생계로 인해 부모님과 떨어져 지내는 아이들도 있었습니다. 홀로, 또는 형제들과 지금 상황에서 스스로 문제를 해결하고, 좌충우돌하며 살아가는 아이들이 대단해 보였습니다. 다들 말 못 할 속사정을 가지고 살아가고 있었던 거죠.

그에 비해 저는 너무 부모님께 의존하고 살았던 건 아닌지, 흰머리가 희끗한 부모님 생각은 못 하고 이기적으로 살았던 건 아닌지 죄송한 마음이 들었습니다. 그에 비해 아이들은 어린 나이에도 자기 일을 스스로 하고 또 책임지며 살아가더군요. 일찍이 부모님 곁에서 독립한 아이들을 보면서 배웁니다. 부모님께 의존하지 않고 자립하는 힘, 스스로 생계를 살아가기 위한 경제력, 두려움 속에서도 잃지 않는 웃음. 저도 아이들에게 부끄럽지 않은 진짜 어른이 되고 싶네요.

문득 사진첩을 보다가 호영이와 같이 찍은 사진을 발견했어요. 장난기 넘치는 호영이의 웃음이 그때의 추억을 불러일으켰죠. 지금은 연락이 끊겨 어떻게 지내는지 알 수 없지만, 사진 속 호영이처럼 밝고 긍정적으로 살아가고 있을 거란 생각에 흐뭇한 미소가 지어졌습니다.

이야기꽃이 피었습니다

🛶

  처음 마주했던 심리치료실은 따뜻하고 편안한 공간과는 거리가 멀었습니다. 사무용 책상과 회의용 테이블, 비닐도 채 뜯지 않은 의자, 텅 빈 냉장고. 시선을 돌리다 커다란 인형과 눈이 마주쳤습니다. 꼭 누군가의 손길을 기다리고 있는 듯 보였습니다. 몇 달 전까지만 해도 별도의 심리치료실이 없어 선임들은 임시 숙소에서 상담했습니다. 지금은 이렇게 공간이 만들어졌는데 제 몫을 다하지 못하는 상황이었죠.

  관사에 계시던 시설장님께서 저를 부르셨습니다.

  "우리 임상 선생님, 한 달 정도 근무해 보니 어떻습니까?"

  마음속으로는 '너무 힘들어서 그만두고 싶습니다'라는 말이 목구멍 끝까지 올라왔지만, 꾹 참았습니다.

  "힘들지만 아이들과 보내는 시간이 재미있습니다." 미소 지으며 말했습니다.

  "힘든 환경에서 일하느라 고생이 많습니다."

시설장님의 격려에 팽팽하던 긴장의 끈이 조금은 느슨해진 찰나였습니다.

　"인테리어 공사 좀 알아보세요. 심리치료실을 예쁘게 꾸몄으면 합니다."

　청천벽력 같은 말이 머리를 찌르는 듯했습니다. '심리치료실 인테리어 공사라니. 지금 겨우겨우 하루를 버티면서 일을 하고 있는데…. 내가 할 수 있을까?' 머릿속으로 여러 생각이 오갔습니다. 책임감 있고, 센스 있는 사람이 맡아서 해야 하는 일이라고 생각하니 한 발 더 물러서고 싶은 마음뿐이었습니다. 마음을 가다듬고 말했습니다.

　"네. 잘 꾸미면 아이들이 편하고 즐겁게 이용할 수 있겠네요."

　제 말에 시설장님은 생각에 잠긴 후 말을 이어 갔습니다.

　"연초에 심리치료실 인테리어 공사 예산으로 책정해 놓은 부분이 있습니다. 전문가인 임상 선생님이 어떻게 꾸미면 좋을지 곰곰이 생각해 보세요."

　관사를 나오고도 며칠간 머릿속이 복잡했습니다. 심리치료실 문을 열면서 '내가 잘 꾸밀 수 있을까? 아직 심리치료에 대해 잘 모르는 내가 해낼 수 있을까? 인테리어 공사는 신경 쓸 일도 많은데 잘 해낼 수 있을까?' 걱정이 앞섰습니다. 마치 부연 안개에 갇힌 듯 두려움에 사로잡혀 한 발 내딛기도 어려웠습니다. '일단 해 보자.' 마음을 달리 먹고 실행에 옮겼습니다.

머리를 싸매고 책상 앞에 앉아 심리치료실 공간을 떠올렸습니다. 새하얀 A4용지에 공간의 길이를 측정해서 적고, 알록달록 포스트잇을 붙여 공사 배치도를 그렸습니다. 모호하던 생각이 하나씩 정리되고, 눈에 보이는 것처럼 선명해졌습니다. '물음표가 느낌표가 되기'까지 시간이 걸렸지만, 잘 해내고 싶다는 의욕이 저를 응원해 주었습니다.

공사는 계획된 일정대로 3주간 진행되었습니다. 아무것도 없이 휑하니 텅 빈 창고 같은 상태에서 하루하루 변화되는 과정을 지켜봤습니다. 나무 기둥으로 기본 뼈대가 세워지고, 공간을 분리하는 유리창과 문이 만들어졌습니다. 밝은 톤의 나무 무늬 시트지와 노란색 파스텔 톤 벽지가 무채색이었던 공간을 은은하게 물들였습니다. 업무를 볼 수 있는 공간과 상담을 하는 공간으로 분리하고, 비밀보장을 위한 가림 벽이 설치되니 그럴싸한 상담실로 바뀌었어요. 빈 사무실 같은 공간이 인형과 장난감으로 채워지니 아이들도 궁금해 고개를 빼꼼 내밀며 놀러 오고 싶다고 합니다.

하나둘씩 심리치료실 문을 열고 들어옵니다. '앞으로 아이들과 여기서 이야기꽃을 피워 가겠구나. 아이들과 울고 웃으며

정을 쌓아 가겠구나' 하는 생각에 마음이 두근두근했습니다.

처음 하는 일에 있어서 덜컥 겁이 나고 자신감이 떨어져 걱정이 앞설 때가 있어요. 눈앞에 보이는 힘든 일만 생각하면 어렵고 두렵지만 '누구를 위한 일인지, 어떻게 하면 더 잘할 수 있을까?' 묻다 보면 방법이 떠오릅니다. 아이들이 터놓고 고민을 토로하는 공간, 마음의 상처가 아무는 공간. 심리치료실이 아이들에게 어떤 의미인지 생각하자 인테리어 준비를 꺼리던 저는 반성하지 않을 수 없었어요. '이 중요한 일을 꼭 잘 해내야겠다'라는 다짐과 함께 생긴 책임감으로 일에 열중할 수 있었습니다.

단장한 심리치료실에는 많은 아이들이 오갔습니다. 웃으며 인사하는 아이들도 있었고, 심각한 얼굴을 하고서 심리치료실에 들어온 아이도 있었습니다.

"선생님, 학교에서 친구들이 저랑 안 놀아 줘요."

"은지는 그럴 때 마음이 어때?"

"같이 놀고 싶은데 안 놀아 주니까 속상해요."

"진짜 심심하고 속상했겠다. 어떻게 하면 친구들이랑 같이 놀 수 있을까?"

"선생님, 형이 계속 심부름시켜요."

"응? 어떤 형이? 무슨 심부름을 시키는 거야?"

"형이 시키니까 안 할 수도 없고 곤란했겠다. 우리 준영이, 많이 힘들었지? 네가 괜찮다면 선생님이 형과 이야기를 나눠 봐도 될까?"

심리치료실에서 만난 얼굴들이 하나둘 떠오릅니다. 어두웠던 아이들의 얼굴이 밝아집니다. 움츠렸던 어깨에도 자신감이 생겨납니다. 우리는 이야기꽃을 피워 갑니다. 돌이켜보면 그곳에서 대화를 나누는 동안 저는 아이들을 가장 가깝고, 깊게 만났네요.

얼굴을 가까이 마주하고 앉아 두 눈을 바라보던 순간, 마음과 마음 사이에 길을 내던 그 순간이 지금의 나를 있게 해 주었습니다.

새끼손가락 걸고 꼭꼭 약속해

⚓

하루는 도준이와 민규가 싸워서 선생님에게 혼났습니다. 도준이가 심심했는지 노는 아이들 옆에 얼쩡거리며 방해하고 있었죠. 민규가 아끼는 물건을 몰래 만지다가 부서지는 바람에 싸움이 일어났어요. 민규는 아끼는 소중한 장난감을 부여잡고 부들부들 손을 떨며 눈물을 흘렸습니다. 도준이는 거짓말을 합니다. 민규가 먼저 때렸다고, 자신은 잘못한 것이 없다고 하네요. 담당 선생님은 도준이가 친구들을 괴롭히고 다투는, 반복적인 행동에 단단히 화가 났습니다.

"너 어제도 안 싸운다고 해 놓고 또 괴롭혔어? 어? 네가 사과하는 거 이제 못 믿겠다. 거짓말 좀 그만해. 어제도 안 그런다고 해 놓고, 또 친구들 노는데 방해하고, 또 돌아서면 장난칠 거지? 난 이제 너 안 믿어. 네 마음대로 해."

선생님이 아이를 믿지 못한다는 말에 마음이 씁쓸해졌습니다. 도준이는 ADHD약을 복용하고 있습니다. 세상을 살아가다 보면 약속을 해도 지키지 못할 때가 종종 있지요. 게다가 도준이는 행동 조절의 어려움을 겪고 있으니 약속을 지키기가 더 힘들었을 겁니다. 아이들을 지도할 때 안 된다는 말을 자주 하게 됩니다.

'친구들을 괴롭히면 안 된다. 물건을 뺏으면 안 된다. 친구들의 물건을 함부로 가지고 오면 안 된다.'

'안 된다'는 말로 아이들을 잠시 통제할 순 있지만, 그게 옳은 방법인지 확신이 서지 않았습니다.

저의 어린 시절을 떠올려 봤어요. "안 할게요. 죄송합니다" 하면서도 다음 날 또 실수하고, 하고 싶은 대로 했던 코흘리개 시절. 약속을 지키지 못할 것 같아도 새끼손가락 걸고 또 약속하고, 그다음 날도 어떻게 해야 하는지 설명해 주는 엄마와 선생님의 모습이 떠올랐습니다.

'맞아. 약속을 지키겠다고 해도 시간이 흐르면 마음이 흐지부지되고 잊어버리게 되지. 엄마와 선생님에게 혼날까 봐 약속하는 게 아니라 내가 스스로 잘하기 위해 약속하는 거였지.'

약속은 다른 사람과 앞으로의 일을 어떻게 할 것인지 미리 정하는 거예요. 저는 다른 사람과의 약속을 지키는 것도 중요하지만, 자기 자신과 약속하고 지켜 나가는 것이 더 중요하다고 생각했어요. 다른 사람과의 약속은 잘 지키면서 정작 내가 해야 할 일은 '내일 해야지. 나중에 해야지' 하며 미루게 되더군요. 자기 자신과의 약속은 눈에 보이지 않기에 잘 지켜지지도 않고 금세 잊어버리게 됩니다.

돌이켜보면 아이들이 서로 다툰다고 해서 같이 못 놀게 하거나 물건 사용을 못 하게 하는 건 일시적인 대안이었어요. 긍정적인 관계를 만들어 가는 데 도움이 되지 않았습니다. 그래서 제 생각을 바꾸기 시작했어요. '친구를 괴롭힌 아이', '거짓말하는 아이'가 아니라 '도움이 필요한 아이', '친구들과 친해지고 싶은데 서툰 아이'라고 관점을 달리했습니다. 아이들을 돕기 위해선 '화'가 아닌 '돕는 말'이 필요하듯 부정적인 생각을 가라앉히고, 무엇이 필요한지 멈춰 서서 고민하면 그 일이 술술 해결되더군요.

"다음에 또 이런 일이 일어나면 그때는 어떻게 해 보고 싶어?"

"동생에게 화가 났을 때 소리 지르거나 때리지 않고, 뭐라고 말하고 싶어?"

"선생님께 화내서 죄송하다고 어떻게 말씀드릴까? 어려우면 선생님이랑 연습해 보고 나가서 사과드리는 건 어때? 선생님이 옆에서 도와줄게."

오프라 윈프리는 "당신이 바라거나 믿는 바를 말할 때마다 그것을 가장 먼저 듣는 사람은 당신이다. 그것은 당신이 가능하다고 믿는 것에 대한 당신과 다른 사람 모두를 위한 메시지다"라는 말을 했습니다.

이제 아이들과 새끼손가락을 걸 때마다 다짐합니다. 나는 약속의 증인이라고요. 아이가 자신과의 약속을 지킬 수 있도록 옆에서 지켜보고 힘이 되어 주는 증인. 그것이 저의 역할이었습니다.

선생님이 우리 엄마였으면 좋겠어요

저녁 식사 후 아이들이 마당에서 피구를 하고 자전거도 타며 시간을 보내고 있었습니다. 퇴근 준비를 하고 나왔는데 놀이터에서 놀고 있는 지은이를 만났습니다. 지은이는 나에게 달려와 "선생님, 집에 가요? 나랑 놀다 가요" 하면서 저의 손을 이끌었습니다. 같이 놀고 이야기를 하다가 "이제 선생님 집에 가야 하는데? 내일 더 놀면 안 될까?" 하며 말을 꺼냈습니다. 지은이는 잘 놀다가 저에게 와락 안겼습니다. "더 놀다 가요. 나도 선생님 집에 같이 갈래요" 하면서 저를 꽉 안았습니다. 평소에는 잘 가라고 손을 흔들어 주던 아이였는데, 오늘은 왠지 지은이가 눈에 밟힙니다.

"지은아, 지금 선생님 집에는 갈 수가 없어. 너는 여기가 집이잖아. 내일 어린이집에도 가야 하고, 지금 옆에 선생님도 계시잖아. 내일 지은이가 어린이집 마치고 오면 같이 동화책도 읽고, 이야기도 하자." 타이르는데도 지은이의 귀에는 이 말이

들리지 않습니다. 저는 가방을 멘 채로 쭈그려 앉아 지은이를 꼭 안아 주는데도 멈출 기세가 없습니다. 아이들에게는 친부모님도 계시고, 생활실 선생님들이 옆에서 늘 돌봐 주시니까 괜찮겠다고 생각했는데 지은이가 떼를 쓰고 같이 있어 달라고 하니 마음이 아팠습니다.

생활실에 많은 아이들을 돌보다 보면 한 아이의 요구만 계속 들어줄 수 없습니다. 떼쓰는 아이의 요구를 다 들어줄 상황도 아니고, 시간 안에 일을 마무리 지어야 할 경우엔 아이들을 다그치게 됩니다. 저 또한 그랬으니까요. 할 일이 많다 보면 아이에게 해 주고 싶은 다정한 말이 있어도 간단하게 말하게 되고, 부탁이 아니라 지시를 하게 되더군요. 생각해 보면 아이들은 선생님과 한 마디라도 더 하고 싶고, 칭찬받고 싶고, 함께 있고 싶어 했어요. 그 마음을 읽어 주지 못한 날은 아이들을 많이 만나고도 마음 한구석이 허전했습니다.

때론 예상하지 못한 일로 시간이 지체되는 날이 있어요. 제가 계획한 대로 시간을 쓰지 못하는 순간들. 곤란하기도 하고, 화가 나기도 하고, 어쩔 줄 몰라 할 때도 있어요. 저는 감정을 앞세우기보다 제 감정과 상황을 말로 표현하려고 합니다.

"지은아, 눈물 닦고 선생님 한번 봐봐. 선생님 얼굴 보여? 선생님이 하는 말 들려? 오늘은 선생님이 퇴근해야 돼서 놀아 줄 수가 없어. 지은이 지금 선생님이랑 더 놀고 싶어서 그런 거지? 선생님도 놀아 주고 싶은데 못 놀아 줘서 슬퍼. 내일 지은이가 어린이집 다녀오면 꼭 놀아 줄게. 손가락 걸고 약속하자!"

퇴근길, 씩씩하게 손을 흔들며 "내일 만나요!" 할 줄 알았는데, 오늘 지은이의 모습은 꼭 엄마한테 떼쓰는 응석받이처럼 보였습니다. 집에 있었으면 한창 떼쓰고 안아 달라, 장난감 사 달라 졸라대며 부모님의 사랑을 많이 받으며 살았을 텐데, 안타까운 마음도 들었습니다.

다음 날 동화책도 읽어 주고 소꿉놀이도 하며 지은이와 놀아 주었습니다.

소꿉놀이하며 엄마와 아기 역할을 하다가 "선생님이 우리 엄마였으면 좋겠어요"라고 지은이가 말했습니다.

"선생님이 엄마였으면 좋겠어? 우리 지은이, 엄마 많이 보고 싶구나?" 하며 지은이의 마음을 읽어 주었어요.

저는 아이들에게 진짜 엄마가 되어 줄 수는 없어도, 아이들 옆에서 엄마처럼 마음을 잘 다독여 주는 사람이 되고 싶어요. 애정 어린 눈빛, 다정한 말투, 따뜻한 가슴으로 아이들과의 시간을 보내려고 합니다.

오늘도 다정하게 너의 이름을 불러 주고 싶어

⛵

　아침 출근길, 나무에 걸린 명패들이 눈에 들어왔습니다. 몇 년 동안 회사에 다니면서 몇몇 나무의 이름만 알았지 이름표가 없는 나무는 이름이 궁금하지 않았습니다. 그저 큰 나무, 오래된 나무 정도로만 생각했죠. 지난번 수목원에 갔을 때 나무의 이름과 특징들이 적혀 있는 것을 보니 한 번 더 눈길이 가더군요. 회사에 있는 나무에도 이름 목걸이가 생겼습니다. 무심코 지나가던 나무에 이름표가 생기니 왠지 통성명을 한 것처럼 반가웠습니다.

　'은행나무, 목련, 매화나무, 아왜나무, 편백나무, 호랑가시나무, 감나무'.

　제가 입사 후 제일 처음 한 일은 아이들의 이름을 외우는 일이었습니다. 49명의 아이들 이름과 얼굴을 기억하기가 쉽지는 않았습니다. 2~3일 정도가 되니 낯이 익었고, 일주일 정도가 되니 아이들의 이름과 얼굴, 히스토리(입소 배경, 가족관계, 특징)를 기억했습니다.

아이들이 학교를 마치고 집에 올 때 현관 앞에서 아이들을 맞았습니다. 아이들에게 인사하며 이름을 묻고, 제 이름을 알려 주었습니다.

"안녕, 학교 잘 다녀왔어? 선생님은 누구일까? 선생님 이름 아는 사람?" 하고 물어보면 "임상 선생님이요. 선생님 이름이 임상 아니에요?"라며 직책을 말하는 아이들도 있었습니다. 아이들에게 제 이름 석 자를 알려 주고, 모르면 언제든 알려 주겠다고 하며 웃으며 이야기했죠.

민준이와 상담하는데, 민준이는 한시도 엉덩이를 붙이고 가만히 앉아 있지 못했어요. 눈 맞춤도 잘 안 되고, 제 이야기가 귀에 닿기도 전에 튕겨 나가 버리는 것 같았죠. 민준이의 시선은 교구장 위에 있는 장난감에 가 있었어요. 일어나서 돌아다니며 만지려고 하는 모습에 "민준아, 김민준!" 하며 계속 이름을 부르게 되었죠. 민준이의 이름을 100번도 더 부른 것 같았습니다. 살짝 진이 빠진 상태에서 다음 상담이었던 민석이를 만났습니다.

민석이와 이야기를 나누다가 민준이의 이름이 튀어나왔습니다. 민석이가 "저 민준이 아니고, 민석인데요" 하면서 자기 이름을 말해 주더군요. 화들짝 놀라 얼굴이 빨개졌습니다. 곧바로 민석이에게 사과했습니다. "미안해, 민석아. 네 이름 알고 있는데 앞 시간에 민준이 이름을 너무 많이 불러서 입에 붙어 버렸어. 미안해." 민석이는 별일 아니라는 식으로 "괜찮아요" 하며 대답을 해 주었지만, 민석이에게 미안한 마음이 들었습니다.

생활실에 많은 아이들이 생활하고 있어도 계속 불리는 이름이 있어요. 특히나 매일 말썽을 부리거나 말을 잘 듣지 않는 아이들은 부르고 또 부르게 되죠. 평소 같으면 "민준아" 하고 다정하게 불렀을 텐데, 마음이 급할 땐 이상하게도 "야! 너! 김민준!" 하고 성까지 붙여 가며 딱딱하게 이름을 불렀죠. 이렇게 실랑이하다 보면 엄하게 이름을 부르며 가르쳐야 했는지 회의감이 들었습니다. 아이들의 이름을 좀 더 다정하게 불러 줄 순 없을까? 문학 시간에 배운 김춘수의 '꽃'이라는 시가 떠오릅니다.

꽃

김춘수

내가 그의 이름을 불러주기 전에는
그는 다만
하나의 몸짓에 지나지 않았다.
내가 그의 이름을 불러주었을 때
그는 나에게로 와서
꽃이 되었다.
내가 그의 이름을 불러준 것처럼
나의 이 빛깔과 향기에 알맞는
누가 나의 이름을 불러다오.
그에게로 가서 나도
그의 꽃이 되고 싶다.
우리들은 모두
무엇이 되고 싶다.
너는 나에게 나는 너에게
잊혀지지 않는 하나의 눈짓이 되고 싶다.

풀 한 포기, 꽃 한 송이에도 이름이 있듯이 사람에게도 고유한 '이름'이 있어요. 우리가 태어나면 부모님께 처음으로 받은 선물이 '이름'이라고 생각해요. 이 세상을 살아가면서 불릴 이름.

이름을 잊지 않고 기억해서 불러 주고 싶어요. 좀 더 다정하게 이름을 불러 주고 아이들이 자신만의 고유한 빛과 향기로 존재하기를 바랍니다. '그냥' 존재에서 '특별한' 존재가 되어 가고 그 관계는 깊어져 갑니다.

나와 너, 우리, 서로에게 의미가 있는 소중한 존재임을 한 번 더 새겨 봅니다. 오늘도 사랑을 담아 그대의 이름을 부를 수 있어서 행복합니다.

27일의 기적, 곁에서 믿고 기다릴게

⛵

2021년 10월 22일.

아침에 직원들과 실내에 있는 화분을 정리했습니다. 지하 식당에서부터 3층 복도까지 놓여 있는 화분을 밖으로 꺼냈어요. 햇볕도 쬐어 주고, 물도 듬뿍 주었죠. 날씨 변화 때문인지, 물을 많이 줘서 그런지 알 수 없지만, 잎에 손만 닿아도 우두두둑 떨어져 가지치기를 하였습니다.

뒷정리를 하다가 가지째 잘려 버린 식물을 발견했습니다. 제가 볼 때는 아직 잘 자랄 수 있을 것 같아 도저히 버릴 수가 없었습니다. 그래서 유리컵에 물꽂이를 해 두었다가 종이가방에 넣어서 집으로 데리고 왔습니다. 댕강 잘려서 우리 집으로 온 홍콩야자.

'뿌리가 나올 때까지 수경재배로 키워 보면 되겠지!' 하며 막연한 생각만으로 깨끗하게 씻어 화병에 꽂아 두었습니다. 그리고 매일 바라봤어요. 처음에는 줄기 옆이 터지거나 물러지는 것 같아 걱정했는데, 잎이 시들지 않고 싱싱하게 유지되는 걸 보고 살 의지가 있다고 생각했어요.

물이 부옇게 되고, 줄기가 미끄덩해지면 물을 갈아 주고, 화병을 씻어 주었습니다. 끝이 물러지면 소독된 가위로 줄기의 끝을 잘라 주었어요. 그저 제가 할 수 있는 일은 물을 갈아 주고 매일 바라보며 뿌리가 내리기를 기다리는 것뿐이었습니다.

27일이 되던 날, 기적 같은 일이 일어났어요. 2021년 11월 18일, 두 가닥의 뿌리가 돋아났어요. '와! 너는 이렇게 살아날 운명이었어!' 하고 박수 치며 기뻐했습니다.

집에 다른 식물들도 키우고 있었지만, 처음에 홍콩야자를 집에 데리고 왔을 때 우리 집 식물로 이름을 붙여 주진 않았습니다. 혹시나 자라다가 시들어 버릴까 봐 이름을 붙여 주지 못했죠. 혼자 살아 낼 힘이 있을 때, 그때 이름을 붙여 주겠노라고 다짐했는데, 스스로 새로운 환경에 적응하고 자라 준 홍콩야자가 대견해 보였습니다.

"살아 내 줘서 고마워. 새로운 환경에 적응하느라 고생 많았어. 고마워!"

새로운 환경에서 뿌리내리고 살기 위해 얼마나 애를 쓰고, 노력했을까요. 살기 위한 홍콩야자의 의지와 생명력이 이루어 낸 결과였습니다. 그날 홍콩야자는 '콩콩'이라는 이름을 가지게 되었습니다. 9개월이 지났고, 추운 겨울을 지나 봄과 여름이 왔고, 풍성해진 뿌리만큼 두세 차례 아기 잎을 틔워 내며 튼튼하게 자랐습니다.

입소하게 되는 아이들을 보면서 이곳에 잘 적응할 수 있을지 고민하게 됩니다. 발달이 느린 아이들, 열악한 환경에서 고생했던 아이들, 또는 장애가 있는 아이들이 어떻게 적응할지, 아이들과 어울려 지낼지 걱정이 되기도 했습니다. 아이마다 적응하는 데 개인차가 있지만, 걱정과는 달리 아이들은 새로운 환경에서 적응하고 규칙을 배우며 살아갑니다.

제가 할 수 있는 건 아이들을 포기하지 않고, 적응할 수 있도록 돕는 일이라고 생각합니다. "아, 얘는 키우는 게 너무 힘들어. 어휴, 감당이 안 돼"라는 말을 들으면 가슴이 철컹합니다. 그럼에도 아이들과 선생님들을 믿습니다. '힘들어도, 늦어도 괜찮지. 어떻게 하면 잘 적응할 수 있게 도와줄까?' 걱정과 고민을 내려놓고 믿음으로 함께하려고 해요.

식물도 새로운 환경에서 뿌리를 내리는 데 27일이라는 시간이 필요하더군요. 물론 하루 만에 적응하는 아이들도 있지만, 적응하지 못한다고 해서 포기하지 않아요. 우리는 각자만의 속도가 다르니까요. 시간이 걸리더라도 적응할 수 있을 때까지 곁에서 힘이 되어 주고 싶어요.

2장.

흔들려도 괜찮아. 결국 피어날 테니까

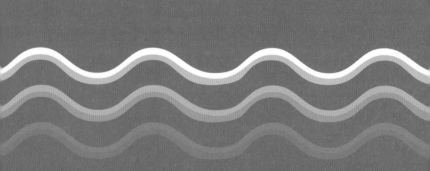

스치는 바람결에 내 마음을 날려 보내자

상담실을 정리하고 나가려던 시각, '쿵쿵' 계단을 올라오는 거친 발소리가 상담실까지 들렸습니다. 문이 열리는 소리가 들리고, 터벅터벅 신발 소리가 그치자 문을 열고 들어온 그녀. 거칠게 의자를 끌어다 앉고 두 주먹을 불끈 쥐고는 씩씩 숨을 몰아쉽니다. '아…' 하는 깊은 한숨 소리와 함께 지희는 이야기를 시작했습니다. 얼굴을 붉히는 모습이 고장 난 시한폭탄처럼 언제 터져도 이상하지 않은 모습이었죠. 며칠 조용하다 했는데 무엇이 이리도 지희를 화나게 만들었을까요.

"아, 짜증 나 죽겠어요. 왜 나한테만 뭐라고 해요? 학교 가기 싫은데 가라고 해서 겨우 갔다 왔는데. 담임이랑 친구들도 괴롭히고, 집도 시끄러워서 오기 싫고, 집에서 쉬고 싶은데 또 뭘 해야 하고. 하…, 동생들이 또 와서 귀찮게 하고, 또 동생들에게 소리 지르고 때리면 또 선생님들은 나한테 뭐라고 하잖아요! 도대체 어떻게 하라고요! 왜 애들이 나를 귀찮게 하고, 장난처럼 때리는 건 되고, 왜 내가 때리면 학대라고 말하는데요! 또 방에 틀어박혀서 자해하면 또 자해했다고 이상하게 보고, 어쩌라고요! 아 진짜 뛰어내려서 죽고 싶다! 아!" 그녀는 제가 말할 틈도 주지 않고 마음속에 있었던 것을 쏟아 냈어요. 오늘 하루만의 일이 아닐 것입니다.

지희는 어린아이처럼 엉엉 울고 또 웁니다. '나 아파. 나 너무 아파. 제발 나를 이해해 줘. 왜 아무도 날 이해해 주지 않는 거야. 이렇게 힘들어도 열심히 살려고 하는데 왜 나를 안 도와주냐고. 차라리 죽고 싶어. 나 같은 거 살아서 뭐 해!' 그녀의 목소리가 마음으로 들립니다. 웃으면서 잘 지내려고 하지만 녹록지 않은 세상에 지쳐 있는 지희를 위해 한 시간이고 두 시간이고 저는 그저 들어 주고 티슈를 건네줍니다. 그녀에게 울고 싶으면 울어도 된다고 시간과 안전한 장소를 내줍니다. 그리고 등을 다독입니다.

한참을 울더니 가쁜 숨을 천천히 내쉽니다. 저와 눈이 마주쳤어요. 이제야 제 말이 지희에게 들리나 봅니다.

"지희야, 힘들면 여기에 와서 울어. 여기는 눈치 볼 사람도 없고, 또 왜 우냐고 뭐라고 할 사람도 없어. 소리 지르고 싶으면 소리 지르고, 울고 싶으면 마음껏 울어."

진정이 된 지희를 다독여 생활실로 갔습니다. 씻고 편안하게 잘 수 있도록 하고, 담당 선생님과도 현재 지희의 상태에 대해 이야기를 간단하게 나누었어요. 모든 이야기를 다 할 수 없지만 어떤 부분에서 힘들어하는지, 어떻게 하면 안정을 취할 수 있을지 말씀드렸죠. 지희가 씻고 방에 들어가는 것을 보고 저도 불이 꺼진 사무실로 내려왔어요.

　어둑해진 저녁 무렵, 퇴근 준비를 하고 사무실을 나섰습니다. 상기되어 있던 얼굴에 찬바람이 스쳐 지나갔어요. 무더운 여름이 지나가고 차가워진 공기가 시원했어요. 밤하늘을 올려다보니 나무숲 사이로 별이 반짝였어요. '아, 오늘 하루도 이렇게 지나가는구나.' 파란 하늘 한 번 올려다볼 여유도 없었던 나. 그래도 밤하늘에 별이 있어 외롭지 않았어요. 지희도 외롭지 않게 잠이 들었으면 합니다. 집으로 돌아가는 길에 하늘을 올려다보고 한숨을 쉬며 내 안에 있는 부정적인 감정들도 바람에 실어 보냅니다. 집까지 무거운 감정들을 데리고 갈 수 없으니까요.

　우리는 누군가의 감정 쓰레기통이 아닌가요? 부정적인 감정을 쏟아 낸 사람은 해소가 되고 마음이 한결 가벼워지지요. 그런데 상대방을 위해서 부정적인 이야기와 감정을 받아 준 사람에겐 쌓여만 갑니다. 초보 상담자일 때 이러한 과정이 힘들고 답답했습니다. 쌓여 있던 감정을 어떻게 해소해야 하는지도 몰랐으니까요. 비워 내지 않으면 다 내 것이 될 것만 같았어요.

누군가를 만나 술을 한잔하거나 말을 해서 풀기도 하고, 매운 음식을 먹으며 해소하려 했었죠. 그런데 이런 방법은 본질적인 갈증을 해소해 주지 못했어요. 무거운 감정을 안고 집으로 간 날에는 그저 멍하게 있다가 씻지도 않고 잠이 들었어요. 자기 자신을 돌보지도 못하고, 많은 일들에 치여서 그저 쳇바퀴 돌듯이 출근, 퇴근만 반복하는 나를 위로합니다. 문득 생각했습니다. 그녀처럼 나도 내 마음을 털어놓을 안전한 공간과 시간이 필요하다는 것을요.

힘들었던 내 마음을 위로하고 부정적인 감정을 비워 내자. 긴장했던 몸과 마음에 숨을 불어 넣자. 바람결에 들이쉬고 내쉬는 숨에 무거웠던 마음을 흘려보내 주자. 떠나보내고 나면, 그 감정은 어느 누구의 것도 아니다. 감정은 그저 스쳐 지나갈 뿐이다.

그래 웃자, 웃어 보자

민규와 '빗속의 사람'을 그리는 심리검사를 했습니다.

"이번 시간에는 그림을 그리며 이야기 나눠 볼게. '빗속의 사람'을 그려 볼 거야. 비가 오는 날의 장면과 사람을 그리면 돼. 한번 그려 볼래?"

말이 끝나고 1분도 채 되지 않아 민규는 다 그렸다고 하더군요.

A4용지 가운데에 사람을 5센티 정도로 작게 그렸습니다. 두 손은 하늘 위로 번쩍 들고 있었고, 해맑게 웃고 있었습니다.

"비를 안 그렸네?"

"아! 깜빡했어요!"

민규는 연필 끝에 힘을 주고 사람 쪽으로 비를 굵고 진하게 그렸습니다. 번개도 말이죠. 더 그리고 싶은 건 없는지 물어보니, 없다고 하더군요.

소나기가 내리는데 우산, 우비, 장화 등의 '보호 장비'도 없고, 빗속의 사람은 온전히 비를 맞고 있었습니다. 민규는 평소 잘 웃는 아이였기에 자신이 스트레스를 받는지 몰랐을 것입니다. 그럼에도 그림 속에선 굵은 비를 그려 강한 스트레스를 표현해 냈습니다. 번개까지 있으니 그 강도가 심하다는 걸 알 수 있었습니다.

"비를 맞고 있는 사람의 기분이 어때?"

"기분이 좋아요!"

"비가 올 때, 누가 도와줄 수 있을까?"

"선생님이요."

"비가 내린 후엔 어떻게 될까?"

"다시 해가 뜰 거예요. 그럼 나가서 놀 거예요."

상담이 끝나고 책상 위에 놓여 있던 '빗속에서 웃고 있는 아이'를 물끄러미 바라보았습니다. 입사 초기 태풍이 와서 비바람이 치고 우산이 휘날리던 때가 떠올랐습니다.

간밤에 한차례 태풍이 지나갔습니다. 오전 내내 전 직원이 나와 마당에 떨어진 나뭇가지를 치우고 화단 정비를 했습니다. 바닥에 눌어붙은 잎사귀를 쓸다 못해 손으로 쓱쓱 긁어모았고, 물을 부어 찌꺼기들을 씻어 내렸습니다. 얼굴은 땀과 흙탕물로 뒤범벅이 되었습니다. 오후가 되어서야 겨우 자리에 앉을 수 있었어요. 여전히 하늘엔 먹구름이 드리워져 또 비가 올 것 같았죠.

오후에는 진주를 데리고 30분 정도 걸어서 치료센터에 가야 했습니다. 치료센터에 전화를 걸어 비가 많이 올 것 같은데 수업 시간이 변경되는지 물어보니, 당일 취소는 되지 않는다고 하더군요. 치료비는 후원금으로 진행되기에 가지 못하면 큰 손해라 판단했어요.

이 당시만 해도 교통비 지원과 차량 지원이 되지 않던 시기였습니다. 비효율적이라는 생각을 하면서도 예전 방식을 따라야 했습니다. 동료에게 버스나 택시를 타고 가면 어떨지 물어보았지만, 교통비 지원이 되지 않으니 차비가 많이 나와 부담될 거라는 말만 하더군요. 하는 수 없이 장대 우산을 들고 진주와 원을 나섰습니다.

출발 시간보다 20분 일찍 나섰습니다. 걸으면 걸을수록 하늘이 어두컴컴해지고 빗줄기가 굵어져 우산을 두드리는 소리가 커졌습니다. 대형마트 앞 사거리를 지나는데 빗물은 강물이 되어 넘쳐흘렀습니다. 빗물에 신발이 떠내려갈까 봐 발에 힘을 꾹 주었습니다. 세차게 부는 바람에 머리카락도 휘날리고 우산은 중심을 잡지 못해 흔들리고 또 흔들렸습니다. 우산을 꼭 잡고, 진주의 손을 더 꾹 잡았습니다. 비가 세차게 몰아쳐 마트 처마 밑에서 비가 그치길 기다렸습니다. 이러다 치료

시간 안에 가지 못할 것 같아 길가로 나와 연신 손을 흔들며 택시를 잡았습니다. "○○○ 근처로 가 주세요."

치료센터에 도착해 화장실에 들러 핸드 타월로 진주의 머리와 얼굴, 팔, 다리를 닦였습니다. '이럴 거면 사전에 보고해서 당일 취소라도 할걸.' 진주를 바라보며 "진주야 미안해. 비를 많이 맞았지. 얼른 가자. 수업에 늦겠다" 했더니 진주는 저를 바라보며 하얀 이를 드러내고 웃었습니다. "저 빨리 가서 놀래요!" 치료 수업이 끝나고 무사히 원으로 복귀했어요. 그 후 우리는 여름 감기에 걸렸습니다.

저는 비가 오는 날이 싫었어요. 찝찝하고, 옷과 신발이 젖는 것도 싫었죠. 아이들은 비를 맞으면서도 해맑게 웃고, 스트레스를 받지 않는 게 신기했습니다. '어떻게 힘든 상황에도, 스트레스 상황에도 웃을 수 있을까?'

힘든 상황에선 찡그리고 화가 나는 건 당연하다고 생각했어요. 표정 관리도 잘 안 되었죠. 문득 이런 생각이 들었습니다. '그래. 비가 오는 날도, 바람이 부는 날도 있지. 어떻게 매일 화창한 날씨만 있을 수 있나.' 삶이 매 순간 불행할 수 없는 것처럼, 늘 행복할 수도 없죠. 맑았다가 흐렸다가, 소낙비가 내렸다가 다시 개었다가, 날씨가 오락가락하듯 삶도 그런 게 아닐까요.

문득 어린 시절 노란 우비에 우산을 쓰고 "우와, 비다 비" 하며 물웅덩이를 밟고, 손바닥을 펼쳐 톡톡 떨어지던 비를 좋아하던 모습이 떠올랐어요. 비 오는 날도 좋아했던 그 시절. 이제는 비 오는 날도 웃으며 즐겨 보려고요.

그래, 날씨는 바꿀 수 없어도, 내 표정과 마음은 내가 바꿀 수 있지. 그래, 웃자. 웃어 보자. 지금 이 순간을 즐겨 보자.

흔들리고 또 흔들려도 괜찮아

⛵

매주 수요일 오전. 예닐곱 살 되는 아이 셋을 데리고 외부 치료센터에 가는 날이었습니다. 생활실에 선생님 인원이 부족해 혼자 인솔해 다녀와야 한다고 하더군요. 막막했습니다. 지난번 호기심이 많은 현민이를 앞에 태웠다가 창문을 열고, 보조석 서랍을 열고, 급기야 자동차 기어를 만지는 아찔한 일이 있었거든요. 아이들이 서로 앞자리 보조석에 앉겠다고 실랑이를 벌여 가위바위보로 자리를 정하고 출발했습니다.

캄캄한 터널을 지나고 있었습니다. 아이들이 차에 조용히 앉아 있도록 달콤한 사탕을 나눠 주었습니다. 사탕을 다 먹은 현민이가 옆에 앉은 현우 형을 놀렸습니다. 먹고 있던 사탕 막대를 현우 얼굴에 던지고, 간지럽혔습니다. 급기야 소중한 부분을 만지는 바람에 현우의 울음이 터져 버렸습니다. "으앙, 으아앙."

눈앞이 캄캄했습니다. 백미러로 아이들을 보면서 설명도 하고, 타이르고 해도 소용이 없어서 소리를 '꽥!' 질렀습니다. 한창 웃던 아이들이 토끼 눈을 하고 저를 쳐다보았죠. 순간 정적이 흘렀습니다. 센터에 도착해서 주차하고 엘리베이터를 타고 올라가는데도 서로 제 손을 잡겠다고 엎치락뒤치락하며 발을 밟고 투닥거렸습니다.

아이들이 치료실에 들어간 후, 대기실 정수기에서 찬물을 벌컥벌컥 마시며 올라오는 화를 씻어 내렸습니다. '아, 정말 힘들다. 데리고 오는 것도 이렇게 힘든데 원으로 잘 돌아갈 수 있을까. 그래도 이왕 나온 거 기분 좋게 아이들을 데리고 가야지.' 수업이 끝나고 난 후, 아이들의 눈을 바라보며 이야기했습니다.

"오늘 아침에 올 때 현민이가 차에서 형을 놀리고, 간지럽게 해서 형이 우는 일이 있었지? 차에서 장난치면 사고가 날 수 있어. 집에 갈 때는 장난치지 않고, 조용히 갈 거야. 오늘 수업 시간에 집중을 잘하고 수업에 참여를 잘한 현우가 앞에 타야겠다. 다른 친구들도 앞에 타려면 차에서도 얌전히 앉아 있고, 공부도 열심히 해야 해. 알겠지?"

아이들에게 설명하고, 새끼손가락을 걸고 약속했습니다.

원으로 복귀하는 길이었습니다. 창밖을 바라보고 있던 현민이가 창문을 열고, 밖에 있는 사람들을 향해 "야! 바보 똥개야! 히히히" 하면서 갑자기 욕을 했습니다. 조용히 하라고 말하는 저를 향해 운전석을 발로 차며 "이 바보 똥개야! 조용히 안 할 거다. 메롱" 하며 고개를 좌우로 흔들며 차에서 일어나려고 하였습니다. 8차선 교차로를 지나 대형마트를 지나고 있는데 아찔했습니다. 너무 당황스러웠고, 사고라도 날까 봐 운전대를 더 꾹 잡았습니다.

　　빠르게 교차로를 지나 인근 골목길에 잠시 주차했습니다. 놀란 마음을 쓸어내리며 안전벨트를 풀고, 뒤를 돌아보며 말했습니다.

　"현민아! 너 지금 이게 뭐 하는 짓이야! 누가 선생님을 놀려. 지금 차에서 발로 차고, 소리 지르고, 뭐 하는 짓이야! 사고 나면 어떻게 할 거야! 밖에 가는 사람한테 욕을 하면 어떡해! 어린이집에서 이렇게 배웠어? 선생님들이 이렇게 하라고 가르쳤어? 밖에 나와서 이렇게 마음대로 행동하고, 욕하고, 장난칠 거면 치료센터 다니지 마! 나도 너랑 같이 다니기 싫어!"

　　더 하고 싶은 말이 많았지만, 꾹 참았습니다.

　　정적이 흐르는 동안 많은 생각이 스쳐 지나갔습니다.

　'아이들의 치료비 지원사업에 선정된 기쁨도 잠시였어. 내가 이러려고 신청서를 냈을까. 차라리 이럴 거면 사업 신청을 하지 말걸. 바쁜 시간 쪼개 가면서 서류를 적어서 내고, 어렵게 받은 심리치료 지원금인데. 데리고 갔다 오는데 고생, 가서도 수업에 집중도 못 하고 장난만 치고 노는데 치료 효과가 있을까. 내가 잘한 걸까? 무의미한 일을 하는 거 아닐까?'

부정적인 말에 이어 부정적인 생각이 밀려들었습니다. 아이들 하나 제대로 못 데리고 다니는 무능함에 어깨가 축 처졌습니다. 출근한 지 세 시간 만에 고갈된 나의 몸은 마치 기름이 없어 언제 멈춰도 이상하지 않은 자동차 같았습니다.

평소에 힘든 일을 잘 이야기하는 성격이 아니지만, 이날만큼은 치료센터에 다녀오다 생긴 돌발 상황을 보고드렸습니다. 인솔 교사 한 명에 여러 명의 지적장애 아이들을 데리고 다니는 건 버거운 일이었습니다.

아이들이 정말 말을 안 들어서 쓴소리가 나오는 순간, 각기 다른 아이들의 개성을 존중해 주고 싶다가도 위험한 상황엔 웃음기가 싹 사라집니다. 아이들에게 친절하게 대하고 말하려 해도 긴급한 상황에 어떻게 말해야 내 말을 들을지 생각이 나지 않았습니다. 저 또한 감정을 가진 사람이기에 늘 친절하게 말하고 웃을 수는 없더군요.

아이들에게 '와락' 소리를 치고 나니 왠지 감정 조절을 잘못한 것 같아 후회되었습니다. 자기 전 오늘 일을 생각하며 '정말 이 방법밖에 없었을까? 내가 좀 더 어른스럽게, 전문가답

게 아이들을 대할 수는 없었을까? 나를 힘들게 하는 아이들이 나를 성장시켜 준다는데 정말 그럴까? 힘들어서 나가떨어지지 않을까?' 고민하게 됩니다.

애쓴 내 마음을 스스로 알아주고 다독이는 시간이 무엇보다 필요했습니다. 힘든 상황에서 지치는 것은 누구에게나 당연한 일일 거예요. 이럴 때 나를 검열하거나 닦달하지 않으려합니다. 너덜너덜해진 마음을 쓰다듬고 충전하는 말을 나에게 속삭였습니다.

'아, 오늘 하루도 쉽지 않구나. 이 상황을 잘 해결해 나가고 싶어서 애를 썼구나. 화를 안 내려고 참았는데도 화가 나는 걸 어떡해. 어떻게 해야 맞는 것일까? 사고 날까 봐 조마조마했는데, 무사히 운전하고 온 것만 해도 다행이야. 마치 덜컹거리는 비포장도로를 달리는 것처럼 흔들리고 또 흔들리는 하루를 보내고 왔구나. 달리는 자동차에 기름이 떨어져 멈추지 않게 내 마음을 충전하자. 오늘도 수고했어.'

나랑 친해지고 싶은 거지?

⛵

　아침부터 분주하게 현관문 앞을 쓸고 있는데 중앙계단에서 지성이가 내려오고 있었습니다. 인사를 하려고 잠시 고개를 드는 순간, 저를 보더니 "선생님, 다리가 왜 그렇게 굵어요? 나보다 굵은 거 같은데"라며 인사는커녕 무례하게 말을 툭 내뱉고 지나갔습니다.

　'응? 내가 잘못 들었나? 이게 지금 버릇없이 선생님을 놀려?' 순간 발끈했습니다.

　"야, 인사는 안 하고 놀리고 가니까 재밌니! 너 지금 뭐라고 했어!" 하며 허공에 메아리치듯 말했습니다. 유유히 사라지는 뒤통수만 바라보았죠. 아침부터 어안이 벙벙했습니다. '내가 지금 몇 살인데 이런 놀림을 받고 열받은 거야.'

　지성이와의 첫 만남은 이렇게 시작되었습니다. 입사한 지 얼마 되지 않았을 때였습니다.

　"선생님, 생활실에 올라가서 지성이랑 상담 좀 하고 오세요.

계속 거짓말하는 것 같은데 무슨 생각인지 물어보고 오세요."

상사의 지시에 앞뒤 사정도 모르고 다짜고짜 지성이를 만났습니다. 생활실 선생님과 이야기하는 지성이의 모습은 짝다리를 짚고, 건들건들했습니다. 저를 보고도 본체만체하는 태도에 무시당하는 기분이 들었습니다. 지성이와 대화하기란 쉽지가 않았습니다. 말을 해도 지성이의 귀에 가 닿기 전에 사라지는 것 같았습니다. "아, 제가 아니라니까요. 아, 말하기 싫은데요"라고 일관하는 아이 앞에서 무슨 말을 해야 할지 진땀이 났습니다.

"지성아, 네가 지금 말하고 싶지 않은 거 알겠어. 선생님들이 너를 의심해서 억울할 것 같아. 선생님은 네가 무슨 일 때문에 그런 건지 잘 몰라. 그냥 솔직하게 이야기해 줄 수 없을까?"

속으로 아무것도 모르면서 뭘 알려고 상담하는 거냐며 저를 경계하는 듯 보였지만, 그 이후 몇 마디 더 나누고 사무실로 내려왔습니다. 그 당시 지성이와 인사만 몇 번 했지 깊이 있게 이야기를 한 적이 없었습니다. 말하면 어차피 혼날 거라고 결론지은 마음에 바늘 하나 들어갈 구멍이 없었던 것이죠.

이 일이 있고 난 후 지성이가 저에게 먼저 장난을 걸어 온 거예요. 기분 좋게 하루를 시작했는데 남에게 상처 주는 말을 하고 웃으며 외출하는 아이. 사람에게 상처 주는 말을 하면서 즐거워하는 건 뭘까. 아마도 지성이가 저를 놀리고 간 건 자신에게도 관심을 가져 달라는 의미였던 것 같아요. 친해지고는 싶은데 방법을 모르니 초등학교 남학생처럼 상대를 놀리거나 짓궂은 행동을 한 거죠.

지성이가 보여 주었던 몇몇 행동은 무례했고 눈살을 찌푸리게 했습니다. 남을 곤란하게 하거나 단점을 가지고 놀려대는 게 못마땅했습니다. 그런데 우연히 지성이의 의외의 모습을 보았습니다. "선생님, 무거우실 텐데 제가 들어 드릴게요." 저 멀리서 뛰어오더니 물건을 대신 들어 주는 모습. "얘들아, 형처럼 해봐." 동생들에게 모범이 되는 모습. 제 눈을 의심했습니다. '내가 알던 지성이 맞아? 버릇없고 무례한 줄만 알았는데 싹싹하고 동생들에게 잘하는 모습도 있다니.' 저는 지성이에게 선입견을 품고 있었다는 걸 인정했습니다. 장님이 코끼리 다리 한 부위만 만지고 코끼리를 다 안다고 했다는 우화처럼 제가 경험한 몇 가지 일로 색안경을 끼고 지성이를 바라봤던 겁니다.

사무실에 혼나러 오는 모습. 늘 무언가 시키면 투덜거리고 하기 싫어하는 모습. 지성이는 꼭 길들지 않은 야생마 같았죠. 거칠고, 제멋대로에, 커서 뭐가 되려고 그러나, 앞날이 캄캄해 보였죠. 지성이에 대해 잘 알지도 못하면서 문제아라고 생각했던 거죠. 지성이에게 미안했습니다. 지성이를 알아 갈수록 꽤 재밌는 아이라는 걸 알게 됐습니다. 다만 저와 첫 코드가 맞지 않았을 뿐.

제가 끼고 있던 색안경을 벗고 지성이를 바라봅니다. 말도 안 되는 이야기만 한다고 생각했던 지성이의 말에 귀를 기울여 보았습니다. 지성이만의 언어, 몸짓으로 보였습니다. 어떻게 표현해야 할지 몰라 건성건성 대답했고, 감정 조절이 되지 않아 물건을 부수기도 했죠. 저는 이 행동들이 불편했던 겁니다. 지성이에게는 감정을 내려놓고 객관적으로 상황을 바라보고, 그 상황에서 어떻게 말하고 행동해야 하는지 알려 줄 필요가 있었던 것이죠. 아이들은 못돼서가 아니라 몰라서 그런 경우가 많습니다. 그럴수록 혼내기보다 그 행동을 품어 주고 이해해 주어야 하는 건데 저도 어려서 그러지 못했죠. 이해가 안 된다고 생각할 때도 조금 더 아이를 품어 주다 보면 저도 아이들과 함께 자라는 기분이 듭니다.

ADHD약 이제 그만 먹고 싶지? 그 마음 나도 알아
⛵

퇴근 후 텔레비전을 켜고 저녁 뉴스 채널로 돌렸습니다. 보육원 아이들의 ADHD 약물 복용 실태 조사에 대한 내용이 나왔습니다. 리모컨으로 볼륨을 올리고 귀를 쫑긋 세웠습니다.

이 자료는 전국 보육원 240여 곳의 ADHD 약물 복용 실태를 조사한 것입니다.
조사 결과를 보면 보육원 아이들 5명 중 1명이 ADHD 약을 먹고 있었습니다.
정말 ADHD 질환 치료를 위한 것일까요, 아니면 말 잘 듣게 하는 훈육 수단일까요.
전국 241개의 보육원생들 중 보육원 초등학생은 전국 2,900여 명인데, ADHD 약을 처방받은 경우가 563명, 5명 중 한 명꼴입니다. 우리나라 전체 초등학생 ADHD 진단 비율 0.94%의 20배에 달합니다. 보육원 중학생들이 ADHD 약을 먹는 비율은 전체 중학생 진단율의 16배, 고등학생은 10배에 달했습니다. 서울의 한 보육원은 초등학교 원생 75%, 4명 중 3명꼴로 ADHD 약을 먹고 있었습니다.

출처: '복용률' 일반 아동 20배…치료인가 훈육인가,
MBC뉴스, 2019.07.29.

시설에 있는 아이들 중 ADHD 아동의 비율이 늘어나면서 담당자인 저도 약물 복용에 대해 예민해졌습니다. 정신과 진료와 약물 복용 그리고 부작용까지. 검사 결과가 아이들에게 낙인이 될까 봐 걱정되더군요. 산만하고, 충동 조절이 잘되지 않아 생활상 문제가 일어나다 보니 이런 아이들에 대해서는 과연 약물 치료가 필요한지 회의를 통해 심사숙고하여 결정할 수밖에 없었습니다.

"ADHD 주의력과 충동 조절에 문제가 있네요. 약물 치료가 필요합니다."

늘 같은 이야기를 들을 때마다 큰 숙제를 안고 돌아왔습니다.

생활실 선생님께 아이의 종합심리검사 결과를 말씀드리고 의견을 여쭤보았습니다.

"주희가 별나긴 별나도 아직 초등학교도 안 갔는데 약물 치료 받는 건 마음이 좀 그래요. 꼭 약을 먹어야 한다고 그러던

가요?"

"검사 결과가 이렇게 나왔는데, 원장님께서 약물 치료를 받는 게 좋다고 하시더군요."

"우리가 주희를 어릴 때부터 키웠는데, 조금만 더 키워 보고, 초등학교 가서도 그때도 힘들면 그때 생각해 보는 건 어떠세요?"

"저도 동의해요. 약물 치료를 받지 않더라도 심리치료나 다른 방법으로도 아이가 잘 생활할 수 있게 도와줄 방법이 있을 거예요."

"아이고, 그러면 좋지요."

"주희는 심리치료 연계해서 진행할게요. 너무 걱정하지 마세요."

주희처럼 ADHD 진단을 받는 아이들 모두 약물 치료를 하진 않아요. 적어도 우리가 하는 생활지도와 심리치료를 받으면서 아이가 충분히 나아질 수 있는 부분이 있다고 믿고 있어요. 조금 산만하면 어때요. 공부를 좀 못하면 어때요. 화도 낼 수 있고 친구들이랑 다툴 수도 있는 거니까요.

고3이었던 기준이는 중학교 때부터 꽤 오랫동안 약물 치료를 받았습니다. 하루는 상담실에서 약물 복용에 관해 이야기를 나눴습니다.

"기준아, 요즘 ADHD약을 먹기 싫어한다고 하던데 어떤 게 불편해서 그래?"

"아, 오래 먹기도 먹었고, 다들 나를 정신병자 취급하잖아요. 아씨, 짜증 나. 그놈의 약 먹어라, 약 먹었냐 이딴 소리 좀 그만하세요!"

기준이는 '약'이라는 단어만 나와도 질색하더군요. 화가 난 기준이는 옆에 있던 의자를 저에게 던지려 했습니다. 순간 무섭고 아찔했습니다. 키가 180센티가 넘는 데다 가까이에 있었기에 혹여나 다치거나 물건이 파손될까 걱정이 앞섰습니다.

"야, 너 지금 뭐 하는 짓이야. 의자 내려놔."

"아, 존나 열받네. 네가 뭔데? 먹기 싫다고! 왜 계속 지랄이야."

"다짜고짜 화내는 이유가 뭔데? 생활실 선생님께 혼나고 와서 어디서 화풀이야. 내가 네 친구야. 말하는 태도가 그게 뭐야. 나도 너한테 할 말 없으니까 올라가."

기준이의 매서운 눈빛, 거침없는 행동, 살짝살짝 웃는 모습에 당황스러웠습니다. 무례한 행동과 말투에 화가 머리끝까지 차올랐습니다. 의자에 앉아 참았던 숨을 내쉬었습니다. '아, 머리야. 진짜 포기하고 싶다. 언제쯤 끝이 날까.' 지끈거리는 머리를 부여잡고 생각했습니다. 30분이 흐른 뒤 다시 기준이를 불렀습니다.

"기준아, 진정됐으면 좀 앉아 볼래? 해 주고 싶은 이야기가 있어. 내 이야기 좀 들어 줄 수 있겠니? 네가 약을 예전부터 오래 복용한 것도 알아. 먹기 싫어도 억지로 복용하고 있다는 것도 충분히 알고 있어. 그래도 매번 진료에 빠지지 않고 와 줘서 고마웠어. 네가 약을 먹기 싫다면 약에 의존하지 않고도 잘 생활해야 해. 오늘처럼 공격적으로 행동하면 약을 복용하라고 할 수밖에 없어. 그런데 네가 약을 복용 안 하고도 잘 생활하면 다음 진료에서 말해 볼게. 네 생각은 어떠니?"

  "아, 죄송했어요. 저도 그랬으면 좋겠어요. 이제 지겨워요. 그만 먹고 싶어요."

  진정이 좀 되었는지 기준이는 사과하며 제 의견에 동의했습니다.

  기준이처럼 약을 오래 먹은 아이들은 약을 먹는 게 지겨울 거예요. 그래요. 그럴 수 있죠. 약 먹기가 싫어서 선생님들 앞에선 약을 먹는 척 물만 삼키고 약은 몰래 버린다고 하더군요. 화단에 던져 버리거나, 바지 주머니 안에 넣어 두었다가 세탁기 안에서 발견되는 일도 있었습니다.

  아침, 저녁으로 생활실 선생님들께선 아이들에게 약을 먹으라고 이야기하고, 챙겨 주십니다.

  그런데도 안 먹는 아이들은 어쩔 수 없다고 하소연하시더군요. 맛있는 비타민도 매번 챙겨 주기 힘든데, 먹기 싫어하는 약은 얼마나 더 힘드셨을지…. 매년 ADHD약을 먹는 아이들이 늘어나면서 약물 보관과 복용 지도, 거기에 서류까지 늘어나니 힘들 수밖에 없습니다.

ADHD 치료는 장기전이라 아이도 힘들지만, 아이들을 돌보는 선생님들도 힘이 듭니다. 게임에 빠져 진료를 보러 가는 날인데도 병원에 가지 않겠다고 한바탕 실랑이를 벌이는 날도 있고요. 약을 먹고 좋아진 것 같다가도 먹으면 "목에 걸린 것 같다", "배가 아프다"며 신체적인 불편을 호소하니 어느 장단에 맞춰야 할지 고민이 됩니다. 차라리 감기처럼 3일분 약을 받아 와서 다 먹기도 전에 증상이 나으면 얼마나 좋을까요. 한 달분의 약을 받아 오는 날에는 가방에 약 봉투가 가득합니다.

매달 돌아오는 아이들 진료 날엔 생각이 많아집니다. '학교생활은 잘하고 있는지, 약의 부작용은 없는지, 입맛이 떨어지진 않았는지, 약은 잘 챙겨 먹었는지, 장기간 약을 먹은 아이들의 생활상 변화가 있다면 약을 줄이다가 중단할 수는 없는지.' ADHD약을 받고 돌아오는 길에 생각했습니다. '담당자로서 ADHD약에 대해 안다고 해도 아직은 잘 모르겠어. 그렇지만 한 가지 분명한 건 적어도 약물치료를 하는 이유가 선생님 말씀에 복종하고 잘 듣게 하려는 건 아니라는 거야. 아이들 스스로 공부하고, 또래들과 잘 지내도록 돕기 위함이지. 어려운 일을 해내고 있는 아이들을 문제아로 대하지 말자. 아이들이 이해할 수 있게 친절하게 설명해 줘야지. 약을 먹으면서 나아진 부분은 계속해서 칭찬해 주자. 스스로 감정 조절을 할 수 있고 집중력이 좋아진다면 그땐 자연스럽게 약을 안 먹어도 될 테니까. 그때까지 같이 노력하자.'

몸이 지치거나 격한 감정에 휩싸일 때면 잠시 멈추어 숨을 고르곤 합니다. 공원이나 길을 걸으면서 일을 왜 하는지 생각하는 시간을 갖는 거죠. 그러다 보면 '무조건 해야 한다', '내가 옳다'는 강박에서 한 발짝 벗어나 상대도, 나도 편한 마음으로 일할 수 있는 방법을 찾게 되더라고요.

아이들과 끝이 보이지 않는 긴 터널을 지나고 있어요. 함께 가는 이 길이 지치지 않도록 해야겠습니다. 결국 내 마음을 잘 돌봐야 아픈 아이들의 마음도 잘 돌볼 수 있어요. 결승점이 보이지 않는 마라톤을 하고 있다고 느껴도 제가 먼저 포기하지 않아요. 아이들과 함께 끝까지 달리다 보면 언젠가 결승점을 지나 멋진 성인으로 성장해 있더군요.

'우린 지금도 충분히 잘하고 있어. 그러니까 걱정하지 마. 포기하지 마.'

괜찮아, 아니 괜찮지 않아

우리 아이들은 한곳에 모여 살고 있습니다. 생긴 모습도 다르고 부모님도 다르지만 공통점은 같은 주소지에 살고 있다는 거예요. 어떻게 보면 피 한 방울도 섞이지 않은 남남이지만 아이들은 가족보다도 더 오랜 시간을 함께 보내고 있습니다. 같이 밥을 먹고, 같이 잠을 자고, 같은 공간에서 생활하죠. 아이들은 한 공간에서 지내며 때로는 가깝게, 때로는 멀게 서로의 거리를 유지하며 살아갑니다.

아이들의 공통분모가 여기가 '거주지'인 것이라면 저와 직원들의 공통분모는 이곳이 '직장'이라는 점입니다. 출근하면 서로 인사를 나누고 각자의 자리에서 업무를 하게 됩니다. 여유로운 날은 차도 마시고 서로 안부를 묻지만, 바쁜 날은 아침 회의 후 각자 책상 앞에 앉아 업무를 봅니다. 아이들을 챙기고 서류나 전화 업무를 하다 보면 옆 사람이 무엇을 하는지, 어디에 갔는지도 모르게 무신경해지기도 합니다.

어느 순간 직장에서 누군가와 가깝게 지내기는 게 어려워졌습니다. 다가가기 두려워졌습니다. 왠지 개인적인 이야기보다는 아이들 이야기나 업무적인 대화를 나누어야 할 것 같더군요. 얼굴을 마주 보고 이야기를 나누지만 왠지 허전한 느낌이 들었습니다.

　왁자지껄 많은 사람 속에 있어도 외로웠습니다. 왠지 아무도 내 마음을 이해해 주지 못할 것 같다는 생각에 혼자만의 동굴로 숨어 들어갔습니다. 겉으로는 괜찮은 척했지만, 내 속마음을 내비쳐 이야기하기 두려웠습니다. 몸을 바쁘게 움직이며 공허한 마음을 일로 채우려고 했던 것 같아요. 그러고는 정작 내가 무엇을 원하는지도 모르면서 외부로 시선을 돌려 탓하고 있었습니다. '저 선생님은 나와 맞지 않아', '이 일이 나에게 맞지 않아' 하며 불평불만 하며 시간을 보냈습니다.

　생각해 보니 저는 아파도, 슬퍼도, 힘들어도 늘 괜찮다고 말했습니다. 약한 마음이 들킬까, 잘 못하는 걸 들킬까 숨기고 싶어 했죠. 그때 깨달았어요. 괜찮은 척만 해서는 삶이 나아지지 않는다는걸요. 괜찮지 않다고, 힘들다고 솔직하게 말하면 될걸, 그러지 못했습니다. 알량한 자존심 때문이었을까요.

　마음의 뿌리가 흔들렸습니다. '내가 나를 믿지 못하고 있구나', '내가 그들을 신뢰하지 못하고 있구나.' 믿음의 뿌리가 흔들리고 있었죠. 내 안에 힘이 없어서 관계 맺기를 어려워하고 있다는 것도 깨닫게 되었어요. 관계를 맺기 두려워서 혼자 있기를 선택했던 거죠. 인간관계에서 상처 받지 않기 위해 마음의 문을 닫고 내 자신을 외롭게 하고 있었던 거예요. 이 사실을 아는 데 꽤 오랜 시간이 걸렸습니다.

인간관계를 돌아보니 사람들에게 상처 받은 기억들이 떠올랐습니다. 업무적으로 부탁했다가 거절당했던 일, 일이 잘못되었을 때 비난받았던 일, 홀로 책임지고 전전긍긍하며 보냈던 시간…. 동굴 속에서 웅크리고 있는 내가 보였습니다. 그런 나를 꼭 안아 주며 말을 건넸습니다.

'그동안 고생 많았어. 상처 받을까 봐 늘 조마조마했었구나. 얼마나 외롭고 힘들었을까. 괜찮은 척 잘 지내도 그게 네 진심은 아니었구나. 약해진 마음이 들킬까 힘들다고 말도 못 했지. 괜찮은 척만 하고 있다고 해서 세상이 나아지지는 않아. 너무 잘하려고, 애써 괜찮은 척하지 않아도 돼. 네 자신을 믿어. 지금도 충분해. 충분히 사랑스러워.'

얼어붙은 내 마음을 누가 알아줄까?

⚓

　하반기 외부 지원사업이 본격적으로 시작되면서 작성해야 할 서류 업무가 쌓이고, 아이들을 데리고 나가는 외근이 많았던 시기였습니다. 사무실을 자주 비우다 보니 직원들과 이야기할 시간도 없고, 같은 공간에 있어도 개인적인 이야기를 할 여유조차도 없었습니다. 점심 식사도 거르거나 식사 시간이 끝난 후 홀로 식당에 앉아서 밥을 먹는 날이 늘었습니다. 식은 밥을 먹거나 편의점에서 간단하게 먹을 수 있는 빵으로 때우는 날도 있었죠.

　아침 회의 시간이었습니다. 회의 시간에 단체로 쓴소리를 들어야 할 때 꼭 내가 잘못해서 혼난 것처럼 기분이 좋지 않았습니다. '내가 잘못한 것도 아닌데 왜 혼나야 할까.' 저 사람이 못하는 일이 나에게 넘어오지 않기를 바랐습니다. 아니나 다를까, 다른 사람들보다 서류 업무를 잘한다고 생각들을 하니 어김없이 그런 일들은 저에게 돌아왔습니다.

제가 작성해야 할 서류도 아닌데, 쌓여 있는 서류에 또 하나가 추가되었습니다. 부담감이 더해진 만큼 표정이 굳어졌습니다. '다른 사람들을 시켜도 될 텐데 또 내가 해야 해? 다른 사람들은 간식도 먹고, 농담도 하는데 나는 또 컴퓨터만 바라보고 있어야 하다니.' 마치 제 자신이 일만 하는 기계처럼 느껴졌습니다. 누군가가 제대로 하지 못한 뒷일을 처리하는 것이 나의 일이라고 생각하니 화가 부글부글 끓어올랐지만 입을 꾹 닫고 분을 눌렀습니다.

　'그럼 내 일은 누가 해 주는 건데!' 부글부글 끓어오르는 감정도 잠시, 눈앞에 있는 서류를 보면서 키보드를 연신 두드리고 있었습니다. 전화 소리에 사람들이 웃는 소리, 시끌벅적하고 어수선해서 집중하려 해도 집중할 수가 없었습니다. '하…' 하면서 한숨이 튀어나왔습니다.

　"선생님들, 죄송하지만 너무 시끄러워서 그런데 조금 조용히 해 주시겠어요?"

　평소에 이런 말을 하는 편이 아닌데, 피곤한 데다 긴급하고 중요한 서류였기에 최대한 정중하게 부탁드렸습니다. 그렇지만 다른 사람들에게는 이 말이 곱게 들리지 않았을 겁니다. 갈등을 만들기 싫어서 단체 생활에서도 제가 할 수 있는 일이면 도맡아 했는데, 이번만큼은 이야기해야 했습니다. 불편한 감정을 차단하느라 얼굴엔 웃음기가 사라졌고 쓸쓸한 무표정을 지었습니다.

며칠이 지난 후, 결재를 받으러 간 저에게 상사가 말을 꺼냈습니다. "어떻게 생각할지 모르겠는데, 임상 선생님을 보고 사람들이 차갑다고 말하네요."

누가 저에 대해 그런 말을 하고 다녔던 걸까요? 누가 저를 차갑게 만들었을까요? 머리를 망치로 맞은 것처럼 멍했습니다. 생각지도 못한 말에 눈에는 눈물이 차올랐습니다. 눈물을 흘리지 않으려 참을수록 손발이 떨려 왔습니다. 눈물을 보이기 싫어하는 것만큼이나 힘든 것을 보여 주기 싫어하기에 꾹꾹 참고 일을 했는데, 돌아오는 건 차가운 사람이라는 말이라니, 화가 났습니다. 오해하지 말고 들으라고 했지만, 참을 수 없었습니다. 모든 사람들이 저를 바라보는 시선처럼 느껴져서 이 회사에 머물고 싶지 않았습니다. 같이 얼굴을 맞대고 일하는 직원들이 나를 이렇게 생각하다니, 내 뒤에서 이렇게 뒷말하다니, 화가 치밀어 올랐습니다. 나를 이해해 줄 거라고 생각했는데 그들에겐 내가 맡은 일의 무게보다 쌀쌀맞은 내 모습만 보였다니, 더 이상 생각도 하고 싶지 않았습니다.

그 일을 나에게 맡겼던 분에게 이야기했습니다. "저도 일을 못하면 안 시키실 건가요? 다들 웃고 여유 있게 일하는 것 같은데 자신들이 하지 않는 일, 못하겠다고 하는 일을 하는 저를 배려해 주지는 못하고, 이런 말을 해도 되는 겁니까? 누군가가 못하는 일을 대신해 주면서 오히려 저는 혼나고 또 일에 쫓기고, 밥도 대충 먹거나 거를 때도 있는데, 왜 저만 이렇게 일을 해야 하는 걸까요. 자신들의 일이 아니라고 나 몰라라 하면서 이렇게 사람을 평가해도 되는 겁니까."

목구멍까지 차 있던 말들이 올라왔습니다. 묵묵히 일만 하던 내가 이런 말들을 쏟아 낼 거라고는 생각하지 못했습니다. 그분은 저에게 "믿고 맡길 수 있어서 그런 거지. 그동안 힘들었나 보네" 하면서 저를 토닥여 주셨습니다.

좋은 말이든 나쁜 말이든 세 명이 동의한다면 그 말은 진실이 된다는데 저는 차가운 사람이 되어 있었던 것입니다. 차라리 저에게 불편한 것이 있었다면 직접 이야기를 하면 좋았을 텐데, 그러지 못한 것이니 속상한 마음이 들었습니다. 저는 사무실로 돌아와 그 이야기를 한 직원에게 웃으며 물었습니다.

"선생님, 여쭤볼 말이 있는데 제가 어디가 그렇게 차가워 보여요?"

그녀는 당황한 듯 보였지만, 그런 뜻이 아니었다고 얼버무리듯 대답했습니다.

"제가 일이 많아 보이고, 차갑다는 생각이 들었다면, 고생한다고 말해 주지 그러셨어요. 제가 여유가 없었던 건 사실이지만, 저한테 솔직하게 이야기해 주실 수 없었나요?"

저는 그제야 알았습니다. 내가 무엇 때문에 말이 없어지고 힘들어하는지 사람들은 모른다는 것입니다. 그저 일에 치여서, 일의 무게에 눌려서 죽어 간다는 걸 모른다는 것이죠. 그저 외적인 부분만 보고 쌀쌀맞다, 차갑다고 말한 것이죠. 나를 차갑게 만든 회사가 싫어서 퇴근 시간만 기다리다가 가방을 챙겨 나왔습니다.

누군가가 저에게 이런 말을 한 적이 있어요.

"사람들이 소연 씨가 그렇게 바쁘게 일하는 거 알고 있어요? 중요한 일을 한다고 힘든 거 알아요? 힘들면 힘들다고, 중요한 업무를 하고 있으면 하고 있다고 티 내면서 일해요. 사람들은 티 안 내면 몰라요."

아이들을 보면 몽글몽글해져서 웃고 싶은데, 나를 차갑고 외롭게 만든 업무와 내 자리가 싫었습니다. 누구에게든 웃으며 따뜻한 사람이 되어 주고 싶었는데, 일에 치여 내가 앉을 자리에서 얼음처럼 꽁꽁 얼어 버렸다는 것을 알게 되었습니다. 일을 열심히 하는 사람이었지만, 정작 일이 즐겁지만은 않았던 내가 미웠습니다.

"일이 많다, 여유가 없다, 힘들다" 솔직하게 말하고 동료들에게 양해를 구할 수는 없었을까. 쌓아 놓았던 묵혀 둔 감정들을 들여다보며 왜 혼자서만 끙끙 앓았을까? 스스로에게 미안했습니다. 어떻게든 해내려고, 기한을 맞추려고, 잘해 보려고 나를 채찍질하면서 달려왔던 스스로를 돌아보며 잠시 쉬어 가야겠다는 생각이 들었습니다.

'오늘도 많이 힘들었지? 사람들과 이야기하는 걸 좋아하고, 일하는 걸 좋아하면서도 일에 치이고, 사람들에게 치여서 고생만 시켜서 미안해. 오늘은 모든 걸 다 내려놓고 쉬어 가는 게 어때? 잠시 쉬어 가도 돼. 오늘은 너만 생각했으면 좋겠어. 예상하지도 못했던 이야기에 당황했지만, 그 계기로 너를 돌아보았으면 해.'

"못해요. 도와주세요"라고 말할 수 있는 용기

용기

이규경

넌 충분히 할 수 있어
사람들이 말했습니다

용기를 내야 해
사람들이 말했습니다

그래서 나는 용기를
내었습니다

용기를 내서 이렇게
말했습니다

나는 못해요

준서와 상담하는 날입니다. 질문을 건네면 "네. 아니요. 몰라요. 생각 안 해 봤어요. 기억 안 나요"라고 대답하는 준서의 말에 우리 사이에 투명한 벽이 하나 있는 것처럼 답답하게 느껴졌습니다. 아직 준서의 마음에 들어갈 문고리를 못 찾은 걸까요. 무엇 때문에 이야기하고 싶지 않은지 준서의 마음을 알 수가 없었습니다. 짧게 상담을 마치고 놀이 시간을 가지기로 했습니다.

"준서야, 우리 뭐 하고 놀까?"

"몰라요."

"한번 둘러봐. 준서가 하고 싶은 놀이 하자."

"하고 싶은 거 없어요."

"응? 하고 싶은 게 없어? 다른 친구들은 더 놀고 싶어 하는데 준서는 왜 하고 싶은 게 없을까?"

"저 다 해 봤어요. 다 알아요" 하며 시큰둥한 반응이었습니다.

준서는 또래 아이들과 함께 놀이를 해도 혼자 노는 날이 많았습니다. 승패가 결정되는 게임을 좋아하지 않았고, 늘 자신감이 부족했습니다.

"준서야, 부루마불 해 봤어?" 제 물음에 준서가 답했습니다.

"에⋯ 네⋯ 그거 뭐, 해 봤어요."

"못해요"라는 말을 하기 싫어서 다 해 봤다고, 잘한다고 하는 게 느껴졌습니다. 이리저리 두리번거리며 무엇을 할지 고민하는 모습에, 말은 안 해도 놀고는 싶은 마음이 눈에 비쳤습니다.

"이거 해 볼까? 저거 해 볼까?"

교구와 장난감을 가리키며 눈을 맞추고 물었습니다. '나는 너랑 친하게 지내고 싶어. 나랑 같이 놀아 줘' 하며 마음속으로 말을 걸었습니다. 준서가 평소에도 좋아하던 글라스데코를 해 보자고 하니 고개를 끄덕입니다.

준서가 처음부터 글라스데코를 좋아한 것은 아니었습니다. 글라스데코는 아이들이 플라스틱 모양 틀에 튜브형 물감을 짜서 알록달록 꾸미는 것인데요. 눈과 손의 협응과 조절력이 있어야 틀 밖으로 튀어 나가지 않게 꾸밀 수 있어요.

2년 전 준서와 글라스데코를 했던 날이었습니다. 호기심을 가지고 해 보고 싶어 했지만 어떤 모양을 고를지, 어떤 색 물감을 고를지, 어떻게 힘을 줘서 짜야 할지 고민하는 모습이 보였습니다.

"준서야, 모양 틀의 종류가 많아서 무엇을 고를지 고민하고 있어? 그럼 오늘 하고 싶은 거 딱 한 가지를 선택해 보는 거 어때?"

"어떤 색으로 할지 고민이 되는구나. 준서가 좋아하는 색으로 해 보는 건 어때?"

"네가 하다가 마음에 들지 않으면 언제든지 선생님이 도와 줄 테니까 하고 싶은 대로 해봐."

"틀리고 잘못하는 건 없어. 이건 준서의 작품이니까."

잘하지 못하면 친구들이 놀릴까 봐 불안해하는 모습이 보였습니다.

"아, 망했어요. 아, 못하겠어요."

준서는 한숨을 푹푹 쉬며 두 손을 놓은 채 책상만 바라보았습니다. 아이들의 작품은 실패해도, 잘 못 만들어도 경험하는 자체로 의미가 있습니다. 그렇기에 준서의 주문에 따라 다듬어 주고, 다시 할 수 있도록 응원을 해 주었습니다. 준서는 그 이후로 올 때마다 글라스데코를 했습니다. 처음에는 30분이 넘게 걸렸고 잘 못했는데, 이제 5~10분 안에 깔끔하게 완성해 내는 모습에 박수를 쳤습니다.

"와, 준서야, 너 어떻게 이걸 이렇게 빨리, 깔끔하게 완성할 수 있니?"

"이건 이제 쉬워요. 저 이건 잘해요."

저는 "못해요"라는 말을 할 용기가 없어서, 입이 잘 떨어지지 않아서, 자존심이 상해서 말하지 못했습니다. 그래서 결국 잘 못하는 일도 떠안고, 며칠 끙끙거리며 겨우 해냈습니다. 이 세상에 모든 걸 다 아는 사람도, 모두 다 잘하는 사람도 없습니다. 차라리 잘 못하면 못한다고 말하면 될 텐데 그것조차 어려웠습니다. 도움을 요청하면 도와줄 사람이 있었을 텐데 말할 용기가 없었던 거죠. 그저 남들이 볼 때는 쉽게 해내는 것처럼 보이지만, 남들 모르게 고민도 많이 하고, 다들 퇴근한 시간에도 그 자리에 앉아 느려도 어떻게 해 나갈지 고심했습니다.

아이들에게는 모르는 게 있으면 "몰라요" 잘 못하면 "도와주세요" 표현하라고 가르치면서 정작 저는 이런 말이 서툰 사람이었습니다. 도와주는 건 쉬운데 도움 받는 건 늘 불편했습니다. 내가 도움을 청하면 남에게 방해가 되고 그들의 시간을 뺏는다고 느껴졌거든요.

저의 지난날을 되돌아보았습니다. 혼자서 해내는 힘도 필요하지만, 가끔은 누군가의 조언과 도움이 필요했던 적이 많았습니다. 도움을 받으면 일이 효율적인데 다 짊어지려는 태도가 저를 더 힘들게 했네요. 이제는 나를 그렇게 누르는 마음을 풀어 주고 조금 너른 시선으로 나를 대하고 싶습니다.

설마 내가 성인 ADHD라고?

아이들 진료로 병원에 들른 어느 날이었습니다. 병원 게시판에 붙은 '성인 ADHD 체크리스트'가 눈에 들어왔어요. 저도 모르게 문항을 하나하나 살펴보기 시작했습니다.

1번. '어떤 일의 어려운 부분을 끝내 놓고, 그 일을 마무리 짓지 못해 곤란을 겪은 적이 있는가?' 내일까지 제출해야 할 신청 서류를 마무리 짓지 못한 채 모니터 화면에 깜빡거리는 커서만 멍하게 바라보았던 게 생각났어요. 최근 꼬리에 꼬리를 무는 생각 때문에 머리가 지끈거려 무얼 하나 끝내는 게 너무 힘들었거든요.

2번. '체계가 필요한 일을 해야 할 때 순서대로 진행하기 어려운 경우가 있는가?' 할 일은 많은데 무엇부터 먼저 해야 할지 몰라 급한 불 끄듯 일을 처리하고 있었습니다. 중요한 일을 하다가도 누군가가 부탁을 하면 그 일을 먼저 하느라 제 일은 늘 후순위로 밀려났어요. 계획을 세워 놓고도 이대로 되지 않으면 어떻게 하나 불안했죠. 마음이 어수선해져 실수라도 하는 날엔 자책하게 되고, 제 자신이 미워졌습니다.

3번. '약속이나 해야 할 일을 잊어버려 곤란을 겪은 적이 있는가?' 얼마 전이었습니다. 직원 분이 복도를 지나가다 말했습니다. "수요일 저녁에 교육이 있으니 아이들의 심리치료 일정을 조정해야 돼요." 그때 저는 아이들을 데리고 나가던 중이었습니다. 중요한 일정이 추가로 생기면서 치료 일정을 변경해야 한다는 말을 듣고도, 그 순간 아이들을 챙긴다고 까마득하게 잊어버렸어요. 늘 시간에 쫓기는 것 같아 마음도 불안하고, 어디에 정신을 두고 사는지 어지러웠습니다.

1번, 2번, 3번 문항을 보며 망치로 머리를 세게 얻어맞은 기분이 들었어요. '설마 나 성인 ADHD 아냐?' 진료를 받아야 할 사람은 아이들이 아니라 내가 아닐까 덜컥 겁이 났습니다.

쉴 새 없이 돌아가던 기계가 고장 나면 수리가 필요한 것처럼 저 또한 전문가의 치료가 필요하겠단 생각이 들었어요. 안하던 실수도 반복하고, 눈을 감아도 불안하고 할 일들이 떠올라 제때 잠을 잘 수 없었거든요. 항상 남들을 돌보는 위치에서 주변을 살피기에만 급급할 뿐 제 자신을 돌아보지 못했습니다. 병원 소파에 기대어 게시판 문항을 물끄러미 바라보며 생각에 잠겼습니다. 나는 언제부터 이렇게 정신없이 살아온 걸까요?

답답한 가슴을 주먹으로 '퍽퍽' 두드리고 쓸어내렸습니다. "하아…" 깊은숨을 천천히 쉬었어요. 내 안에 묻어 둔 것, 막혀 있는 것, 나를 짓누르는 것을 털어내듯이 천천히 숨을 쉬었습니다. 그러자 어쩔 수 없는 상황에 내던져져 이리 뛰고 저리 뛰며 숨도 제대로 쉬지 못하던 제가 보였어요. 서류 더미에 치이는 나. 끼니도 제대로 못 먹은 채 야근하는 나. 난장판이 된 치료실을 혼자 치우는 나. 그런 나를 그저 위로해 주고 싶었습니다.

'내가 많이 힘들었구나. 그것도 모르고 바쁘게만 살아왔네. 스스로 다그치기만 했어.'

뺨 위로 눈물이 흘렀습니다. 힘들고 지친 나를 위로해 줄 사람은 나 자신이었습니다. 나 스스로 힘들다는 걸 알아주는 것만으로도 숨통이 조금은 트이는 것 같았거든요. 일상을 잠시 멈추고 내가 나를 만나는 시간. 그제야 웅크린 내가 보이기 시작했습니다.

쓴소리에 담긴 진심과 사랑을 발견하다

⚓

일도 많고, 탈도 많은 날의 연속이었습니다. 좋은 말도 한두 번이지, 회의 시간마다 상사의 볼멘소리를 듣고 있자니 귀가 아팠습니다. 무더운 여름을 지나 찬바람이 코끝을 스쳤고, 반팔을 입은 팔이 서늘했습니다.

"선생님들, 오늘 아침에 보니까 아이들 반팔 입고 학교에 가던데, 아이들 안 챙깁니까! 날씨가 쌀쌀해지면 바람막이 점퍼라도 입혀서 보내야지, 저게 뭡니까! 지난주까지 의복 정리하라고 지시했는데, 아이들 옷은 다 정리됐습니까?"

아침부터 쓴소리를 듣다 보니 속이 쓰렸습니다. 아침부터 잔소리를 듣게 하는 사람들을 속으로 비난했습니다. '아, 왜 저렇게 일 처리를 해서 아침부터 이게 뭐야. 잔소리만 덜 들어도 이 시각이면 자리에 앉아서 중요한 일을 처리하고도 남았겠다' 하며 상사의 이야기를 듣고 있었죠. 그러던 찰나,

"이 일이 안 맞고, 그냥 대충대충 일할 거면 다른 곳으로 가

세요. 사이버대학에서 사회복지 과목 몇 개 듣고 자격증 따서 일할 생각으로 왔다면, 우리와 맞지 않습니다. 애들은 안 보고 그냥 시간만 때우다 갈 사람들은 그만두세요."

화난 상사의 말에 아침 출근길 '오늘도 잘해 보자! 열심히 해 보자!' 피워 온 긍정의 불씨가 찬물 세례를 맞은 기분이었습니다. 듣지 않아도 될 이야기를 듣는 것도 하루 이틀이지, 진절머리가 났습니다. 정말 상사는 사람들에게 그만두라고 말하는 걸까. 화가 나서 그냥 한 말일까. 얼마나 답답하면 그럴까. 곰곰이 그 마음을 헤아리다 생각이 여기에 닿았습니다.

'날씨가 점점 추워지네요. 선생님들도 감기 조심하시고요. 애들이 점점 크니까 말을 잘 안 듣죠. 아이들 키우는 거 쉽지 않아요. 마음 맞춰서 잘해 봅시다. 날씨가 추워지는데 아이들 내의도 잘 입히고, 바람막이 점퍼도 입혀서 학교에 보내죠. 선생님들도 이제 따뜻하게 챙겨 입으세요. 저는 선생님들을 믿고 있습니다. 오늘도 고생한다는 걸 알고 있습니다.'

울긋불긋한 상사의 얼굴을 외면하지 않고 바라보며 말의 핵심을 찾았습니다. 오늘은 어떤 메시지일까? 부정적인 말에서도 긍정적인 메시지를 찾으려 노력했습니다. 불필요한 감정을 덜고 덜어 내니 핵심 메시지만 남았습니다.

상사가 한 말은 결국 업무 개선을 원한 것이었습니다. '후…'

하고 숨을 내쉬며 독처럼 쌓인 부정적인 감정을 흘려보냈습니다. 이제 나의 시선으로 나를 바라보기 시작했습니다. 나는 이곳에서 어떤 사람인지 돌아봤습니다. 그러자 폭풍처럼 몰아치는 상사의 말에 휘둘리지 않고 차차 중심을 잡게 되었습니다. 흔들리는 지면 위에 팔과 다리를 벌리고 무게중심을 잡는 사람처럼요.

'난 정말 갈 데가 없어서 왔을까? 아니, 난 갈 데가 없어서 온 게 아니야. 나는 사람을 돕기 위해 많은 시간을 노력해 왔어. 할 게 없어서, 쉬워 보여서 온 게 아니야. 그냥 억지로 끌려와서 일하는 게 아니라고. 그래. 내 의지로, 내 노력으로 이 일을 하는 거야. 아이를 키워 내는 일은 아무나 할 수 있는 일이 아니야. 아이가 성장하는 과정을 보는 것은 경이로운 일이지. 아직 서툴러서 그렇지, 일부러 그런 건 아니야. 혼나면서 배우는 거지. 다음부터 똑같은 실수는 하지 말아야지.'

혼자서 늪에서 빠져나오려는 생각에서 한 가지 실마리를 찾아냈습니다. '사람을 돕기 위한 것, 아이들이 잘 성장할 수 있게 돕는 것', 이것이 내가 이 회사에 있는 이유였습니다. 그렇게 생각하고 나니 상사의 부정적인 말이 더 이상 마음을 후벼파는 화살이 되지 않았습니다.

안 좋은 일로 이야기를 나누다 보면 부정적인 감정이 오갑니다. 핵심에서 벗어나거나 상대를 비난하는 말들로 상처를 주게 됩니다. 그럴 때 감정에 휩쓸리기보다 '상대가 힘들었구나' 하고 헤아려 봅니다. 힘들어서 그런 것이지, 실은 잘해 보자는 이야기를 하고 싶었던 상사의 이야기에 귀 기울여 봅니다. 모든 마음을 다 헤아릴 수는 없지만, 아이들을 위한 진심과 사랑이 그 속에 있음을 헤아려 봅니다.

이제 혼자서도 잘할 수 있지?

'이지웅, 10세, 남자.'

어디서 들어 본 이름인데…. 다른 시설에서 사무실 전화로 입소 문의가 왔습니다. 지웅이가 신체적으로 조금 불편하지만 지능에 문제가 없어서 일반 초등학교에 다니고 있다고 하더군요. 그 당시 지웅이의 이름을 듣고 5년 전 자원봉사에서 만났던 지웅이가 떠올랐습니다. 대학생 연합 봉사단 활동을 하며 장애인 시설에 한 달에 한 번 산책과 놀이 봉사를 하러 갔습니다. 시설이 부산 외곽 지역에 있어 지하철 2호선, 3호선, 무인 경전철 4호선을 타고 가서 아이들을 만났습니다.

다섯 살이었던 지웅이는 머리숱이 많아 고슴도치처럼 머리가 풍성했고, 한쪽 다리에는 보조기를 끼고 있었습니다. 지웅이와 짝이 되어 손을 잡고 인근 대학교에 놀러 나갔습니다. 더운 여름 혹여나 넘어질까 꼭 잡은 두 손에 땀이 차올랐습니다. 걱정도 잠시, 지웅이는 운동장을 뛰어다니고 화단에 있는 꽃을 보며 배시시 웃었습니다. 함께한 인연도 잠시, 저는 취업을 하게 되었는데 그러고 5년이란 시간이 흘렀습니다. 우리는 다시 만났습니다.

지웅이는 바우처 카드를 이용해 심리치료와 운동치료를 받았습니다. 6학년쯤 되니 지웅이는 제 키를 넘어서고 목소리도 굵어지더군요. 하루는 치료센터에 가는 날인데 기다려도 지웅이가 오지 않았습니다. 아무것도 모른 채 뒤늦게 싱글벙글 집으로 온 지웅이에게 "너 지금 몇 시인데 이제 와!" 화를 냈습니다. 분명 어제 간다고 이야기했는데도 친구들이랑 놀다 보니 잊어버렸다는 겁니다. 오늘은 차량 지원도 안 돼서 지하철로 가야 하는데, 늦었다며 지웅이를 서둘러 준비시켰습니다.

지웅이와 지하철을 타기 위해 뛰었습니다. 평소 같았다면 하나하나 설명해 가며 데리고 나왔을 텐데 마음이 급했습니다. 지하철 문이 닫히는 순간에 헐레벌떡 지하철 안으로 몸을 집어넣었습니다. 얼굴에 땀이 줄줄 흐르고, 숨이 턱 끝까지 차올라 헉헉거렸습니다.

"지웅아, 조금 전에 너를 보자마자 화내서 미안해. 이제 6학년이 되었으니 지하철 타고 혼자 다녀야 할 수도 있어. 네가 좀 일찍 왔다면 하나하나씩 설명해 주면서 왔을 텐데 선생님 마음이 급했어."

"괜찮아요. 선생님 말씀 잊어버리고 늦게 와서 죄송합니다."

6학년이 되면서 지웅이는 혼자 지하철을 타고 치료센터에 가야 했습니다. 지웅이에게 어디서 타고 내리는지, 지하철 승차권은 어떻게 발권하는지, 몇 시까지 가야 하는지, 지하철을 잘못 탔을 때는 어떻게 해야 하는지 설명할 게 너무도 많았죠. 지웅이에게 설명하고 또 설명했어요. 혹시나 잘못될까 봐 불안한 마음에 애정 어린 잔소리를 해야만 했습니다.

우연히 '아기 새의 첫 비행'이라는 영상을 본 적이 있습니다. 원앙새는 아기 새에게 나무에서 나는 법을 가르칩니다. 제가 볼 때는 거의 그냥 떨어지는 영상처럼 보였는데, 아기 새는 두 발을 버둥거리며 중심을 잡고, 작은 날개를 파닥거리더니 '툭' 하고 떨어지는 거예요. 다치면 어떻게 하나 걱정했는데 몸무게가 50그램 정도라 떨어져도 충격이 덜하다는 겁니다. 가벼운 원앙새가 푹신한 낙엽 위에 떨어집니다. 어미 새도 아기 새가 떨어질 때는 아무런 도움을 줄 수 없이 짹짹거리며 응원하고 있었습니다. 원앙새는 새끼에게 직접 먹이를 먹여 주지는 않는다고 하더군요. 물가로 데리고 나와 어떤 걸 먹어야 하는지, 어디로 가야 하는지를 알려 주는 걸 보고 깨달았습니다.

'그래. 내가 옆에서 하나하나 다 알려 주면서 데리고 다닐 수는 없지. 이제는 컸으니 스스로 할 수 있는 방법을 알려 줘야

지. 실수도 해 보고, 스스로 해 보면서 자립할 수 있게 도와줘야지.'

함께 손을 잡고 산책하러 갔던 다섯 살 지웅이. 저를 이기겠다고 팔씨름하던 열 살의 지웅이. 이제는 키가 커서 저를 내려다보고, 목소리도 굵어진 열다섯 살이 된 지웅이. 부모는 아니지만 좋은 선생님을 만나 도움과 사랑으로 성장하는 모습을 보면서 5년 뒤의 모습을 떠올렸습니다. 혼자 어떻게 지낼지, 나는 지금 지웅이에게 어떤 도움을 주면 좋을까 고민하게 됩니다. 지웅이는 아기 원앙새처럼 세상을 배워 가고 있습니다. 앞으로의 여정도 어떤 새로운 경험과 도전을 하게 될지 모르지만, 지금처럼 잘 헤쳐 나가고 이겨 낼 힘이 지웅이의 내면에 있음을 믿습니다.

마음의 상처에 꽃이 피어나다

미나는 시설에 입소할 때부터 손목에 자해한 흔적을 지니고 있었습니다. 저는 미나를 늘 조마조마하게 지켜봤습니다. 미나는 무슨 연유에서인지 선생님에게 혼나고 방문을 쾅 닫고 들어갔습니다. 그런데 채 몇 분이 되지 않아 미나는 병원 응급실로 향했습니다.

"아, 바빠 죽겠는데 너 같은 애가 여기 오는 건 민폐야. 바쁜데 왜 와서 난리야. 너 같은 애는 정신병원에 가야지."

응급실 당직 의사는 미나 손목에 난 상처는 치료해 주었지만, 마음에 더 깊은 상처를 냈습니다. 깊이 패인 손목을 더 쓰라리게 만들었죠.

다음 날, 미나는 어제의 일을 말하며 한없이 눈물을 흘렸습니다.

"저 같은 건 민폐예요. 손목도 아픈데, 마음이 더 아파요. 저 입원할래요."

"그 의사 말 믿지 마. 너를 언제 봤다고. 그 의사가 너에 대해서 뭘 알아. 괜히 자기 일이 바쁘니까 너한테 화풀이한 거야."

"저 정신병원 보내 주세요."

"응? 너 지금 무슨 이야기 하는 거야? 진심으로 하는 말이야?" 놀란 눈으로 물었습니다. 결국 응급실 당직 의사의 말 때문에 미나는 정신병원에 2주간 입원했습니다. 그 후에도 미나는 힘들 때마다 몰래 자해를 하기도 하고, 어떤 날은 너무 힘들어서 그랬다고 연고를 찾기도 했습니다.

하루는 미나가 쓰던 커터 칼과 꽃무늬 가위를 사무실로 가지고 내려왔습니다. "미나야, 이제 더 이상 너를 해치는 방법으로 해결하려고 하지 마. 이 칼과 가위는 선생님이 보관하고 있을게. 봉투 안에 넣어서 봉인해 둘게. 또다시 손목을 긋고 싶을 땐 차라리 선생님 손목을 그어" 하며 더 이상 이런 일이 생기지 않게 당부했어요. 그러곤 2년이 흘렀습니다.

고3인 미나는 병원에 가는 차 안에서 "선생님, 이거 예쁘지 않아요?" 하며 휴대전화에서 그림 도안을 보여 주었습니다. "저 사실 손목에 있는 상처가 콤플렉스예요. 그래서 타투 하려고요." 요즘은 연예인이나 일반인들도 타투를 많이 한다지만, 고3인 미나가 타투를 한다는 건 학교 선생님의 잔소리와 벌점을 감수해야 하는 일이었습니다.

"미나야, 넌 아직 학생이어서 타투 하는 건 불법이야."

"아, 어떡해요, 예쁜데. 이미 예약해서 환불도 안 돼요."

"나는 네가 징계나 벌점을 받을까 봐 걱정이야. 잘못될 경우에 타투를 지우느라 더 힘들 수도 있어. 알고 있니?"

"취소하면 예약금 못 돌려받아요. 예약금도 저한텐 큰돈이에요."

"예약금에 시술비를 더 내는 게 더 큰 지출 아냐?"

당장 다음 주 주말에 타투를 한다고 하니 말릴 수밖에 없었습니다. 잠잠해질 만하면 또 사고 칠 궁리만 하는 미나를 설득했습니다.

"미나야, 그 예약금 내가 줄게. 성인이 돼서도 하고 싶으면 그때 하는 게 어때? 몇 달만 좀 참자."

"알겠어요."

3개월 후, 미나는 웃으며 저를 찾았어요. 그러더니 긴팔 티셔츠 소매를 올리며 스리슬쩍 손목에 타투를 보여 주었습니다. 그 표정이 어찌나 뿌듯해 보이던지. 저는 그것을 보고 "예쁘네. 몇 개월만 참으면 되는데 그걸 못 참고 했니?" 웃으며 말을 건넸죠. 하고 싶은 건 꼭 해야 직성이 풀리는 그녀이기에 혼을 내지도 않았습니다. 미나의 손목에서 춤추고 있는 꽃과 나비가 행복해 보였거든요.

꽃과 나비를 보며 생각했습니다. 미나가 이젠 웅크리고 앉아 상처 난 손목 안에 자신을 가두기보다 자신의 인생을 꽃피우며 살아갈 수 있길 바란다고요. 미나에게 타투는 마음의 상처를 보듬는 방식이었죠. 이제 우는 날보다 웃는 날이 더 많았으면 합니다.

어찌 보면 미나는 남들이 보지 못하는 마음의 깊은 상처를 겉으로 표현하며 살아왔어요. '힘들어요. 저도 남들처럼 행복하게 지내고 싶다고요' 하면서요. 그런 미나를 보며 제 자신을 돌아보니 마음의 상처를 꼭꼭 숨기며 살아왔네요. 왠지 내가 힘들다고 말하면 "뭐 그까짓 일로 힘들고 상처 받았다고 말해?" 할까 봐 말도 못 꺼냈습니다. "이런 일이 있었다더라. 그래서 어떻게 했다던데"라는 주변에 돌고 도는 말도 듣기 싫었습니다. 무엇이 두려웠던 걸까요. 그냥 이게 나인데. 때론 상처 받을 수도 있고, 줄 수도 있는 게 인생인데 말이죠.

하루는 옆에 앉은 선생님에게 솔직하게 털어놓았어요.

"아, 진영이가 말도 안 듣고 어찌나 속을 썩이는지 너무 힘드네요. 선생님은 그럴 때 어떻게 했어요?"

"그런 일이 있었어요? 진짜 힘들었겠다. 저도 진영이 때문에 열받은 게 한두 가지가 아닌데. 진짜 말 안 듣죠?"

"아 맞다. 선생님도 진영이랑 많이 싸웠죠? 정말 마음대로 잘 안 되네요.”

"맞아요. 애들이 언제쯤 우리 마음을 알 수 있을까요.”

기쁜 일도, 속상한 일도 솔직하게 이야기하면 축하와 공감을 받을 수 있습니다. 누군가를 챙겨 주고, 토닥여 주는 사람도 때론 누군가의 공감이 그리운 날이 있어요. 힘든 일을 애써 삼키며 숨길 필요는 없어요.

저도 이제 힘들다고 이야기해 보려고요. 저의 상처에도 언젠가 꽃이 피어나고 나비가 날아다닐 수 있도록 건강한 방식으로요.

나도 혼자만의 시간이 필요해

⛵

"선생님, 저 심심해요. 저는 상담 언제 해요?"

"응? 오늘은 일정이 있어서 안 되는데, 시간을 한번 맞춰 보자."

"저는 시간 많아요. 선생님 시간 될 때 꼭 상담해요."

이틀 뒤 학교를 마치고 온 지영이와 오후에 상담했습니다. 지영이는 학교 선생님에게 칭찬받았던 것, 친구와 놀았던 것, 싫어하는 친구가 놀려서 짜증이 났던 것을 미주알고주알 풀어 놓았습니다. 생활실에서 지내면서 동생들과 잘 놀아도 주는데 때론 동생들이 귀찮다고 하더군요. 상담도 하고, 그림도 그리고, 보드게임도 하며 시간을 보냈습니다. 외근 갈 시간이 다 되어 지영이에게 시계를 가리켰습니다.

"우리 이제 정리하고 갈까?"

지영이는 고개를 절레절레하더니 생활실로 가기 싫다며 갑자기 눈물을 흘렸습니다. 생각지도 못한 모습에 당황스러웠습니다. 어린이집에서 오는 동생들의 목소리가 들려오자 울상이 되었습니다.

얼마나 스트레스를 받았으면 동생들이 오는 소리에 눈물이 났을까요. 생활실 선생님은 동생들을 봐주느라 이야기할 시간도 많지 않았던 거예요. 늘 심심하다고 했던 건 온전히 자기 이야기를 들어줄 사람이 필요했던 거였어요. 동생들 맞추랴, 언니들 맞추랴 눈치 본다고 힘들었던 거죠. 심리치료실에선 방해할 사람도 없고 저와 둘뿐이니 원하는 걸 자유롭게 할 수 있어서 좋았던 거예요.

지영이도 어릴 땐 언니들에게 사랑을 많이 받는 동생이었습니다. 초등학교 3학년이 되니 동생들이 하는 놀이는 시시하고, 또 중학생 언니와 어울리기에는 나이 차이가 나서 심심했을 거예요. 동생들이 한두 명씩 늘면서 놀아 주는 것도 잠시뿐, 혼자만의 시간이 필요한 사춘기가 되었어요. 휴대폰으로 친구들과 통화도 하고 싶은데 동생들이 울거나 방해해 버리면 그럴 자유마저 없었던 거예요.

생활실 선생님께 연락을 드려 지영이가 생활실로 가기 싫어한다는 상황을 말씀드렸습니다. 외근을 나가며 사무실 선생님께 저녁 먹기 전까지 한 시간 정도 지영이를 봐 달라고 부탁드렸습니다. 오후에 지영이는 사무실 선생님들과 시간을 보내고,

저녁 식사도 맛있게 먹었다고 하더군요.

고등학생 슬기도 마찬가지입니다. 하루도 조용할 날 없이 뛰어다니고 소리 지르는 어린 동생들과 초등학생들이 저녁 8시쯤 자야 조용하게 공부를 할 수 있었습니다. 그제야 자신만의 시간이 생긴다고 하더군요. 자기가 없을 때 동생들이 들어와 책상 위에 물건을 만져 망가트려 놓거나 쉬고 싶은데 노크도 없이 불쑥불쑥 문을 열고 들어옵니다. 자고 있는데 언니가 좋다며 무작정 올라타네요. 귀엽고 예쁜데도 언니들에겐 귀찮을 수밖에 없어요.

점점 커 가면서 개인 방이 필요한데, 시설에서는 세 명이 한 방을 사용하니 혼자 있어도 또 누군가와 함께입니다. 그렇기에 사생활이 지켜지기도 어렵지요. 슬기도 혼자만의 시간이 필요할 때면 내부 자립관에서 잠시 생활했습니다. 저 또한 사무실에 다닥다닥 책상을 붙이고 앉아 일을 하고, 이리저리 치이다 보면 그냥 아무도 없는 곳에서 혼자 일하고 싶어집니다.

제가 초등학교 4학년 때 집 옥상에 버려진 노란 물탱크가 있었습니다. 부모님 허락을 받아 그곳을 아지트로 만들었습니다. 먼지가 쌓인 겉면의 먼지를 닦아 내고, 물탱크 뚜껑을 열고 들어가 구석구석 닦았습니다. 제가 아끼는 인형도 가져다 놓고 어두컴컴한 벽면엔 연두색 야광별 스티커를 붙여 나름대로 꾸몄어요. 왠지 그 안에 들어가 있으면 그 공간에서 자유를 얻은 기분이 들더군요. 상상의 나래를 펼치기도 하고, 비밀 일기장을 쓰기도 하며 혼자만의 시간을 즐겼습니다.

저는 아이들에게 수첩이나 비밀 일기장을 선물합니다. 거기다 하고 싶은 이야기를 써 보라고요. 글도 좋고, 그림도 그리고 싶은 대로 자유롭게요. 누군가에게 말하고 싶어도 하지 못하는 개인적인 이야기를 적어 보는 거죠. 내 이야기를 들어 줄 작은 노트 하나가 든든한 친구가 되어 줄 수 있거든요.

저도 북적이는 사무실에서 혼자 있고 싶을 때 작은 노트에 제 생각이나 감사한 일들을 적어요. 때론 이어폰으로 좋아하는 노래 한 곡을 듣기도 해요. 그러고 나면 감정이 차분해지고, 다시 일상의 바퀴를 굴리며 나아갈 수 있어요.

오늘의 아이 모습은 내일 볼 수 없어요

⛵

'똑똑똑' 노크 소리와 함께 사무실 문이 30센티 정도 열렸습니다.

"다녀왔습니다." 얼굴이 보이진 않았지만 아이들의 목소리가 들립니다. 그리고 문이 스르륵 닫힙니다. 아이들이 한두 명씩 학교를 마치고 오면 제각각의 인사가 줄줄이 이어집니다.

'오 그래, 왔구나' 생각하면서도 일이나 서류가 눈에 보이면 그것에만 집중하기 바빴습니다. 눈앞에 있는 급한 일을 처리해내느라 옆을 볼 겨를이 없었습니다. 아이들이 하교 후에 사무실 문을 '똑똑똑' 두드리고 인사를 하는데도 "네"라고 대답할 뿐 일어나서 아이들의 얼굴을 보고 눈 맞춤을 하지 못했습니다. 엉덩이를 딱풀로 붙인 것처럼 몸이 의자에서 떨어지지 않았습니다.

저녁 식사 시간이 다가왔습니다. 오늘도 하는 수 없이 야근해야겠다고 체념하고 의자에 앉아 있었습니다. 저녁을 먹고 올라온 아이들이 사무실 선생님들을 보고 같이 이야기하고 놀고 싶어서 슬쩍 눈치를 보며 들어옵니다. 민지가 저에게 다가와 말을 걸었습니다.

"선생님 뭐 해요? 저 심심해요. 있잖아요, 오늘 학교에서 시험을 쳤는데 세 개 틀렸어요. 잘했죠?"

"오, 잘했는데? 공부 열심히 했네?"

칭찬을 해 주면서도 눈은 모니터를 향해 있었습니다. '아차!' 싶은 생각에 고개를 돌렸습니다. 저를 보고 싱글벙글 웃고 있는 민지를 보며 저도 씩 반달 눈웃음을 지었습니다. '민지가 나를 보며 이렇게 즐거워서 웃음 짓고 있었구나. 고개를 돌리지 않았다면 천사의 미소를 볼 수 없었겠네.' 민지에게 미안하면서도 지금이라도 반갑게 맞이하길 잘했다는 안도감이 들었습니다.

저녁 휴게 시간에 쉬지 않고 일을 할 때는 집에 빨리 가고 싶다는 생각에 모니터에서 눈을 떼지 못합니다. 또 누군가 옆에서 모니터 화면을 쳐다보면 작성하던 서류 창을 아래로 내려놓습니다. 작성하는 문서는 아이들의 개인 정보라 다른 아이들이 보지 않았으면 합니다. 조금 여유가 있을 때는 아이들과 이야기도 나누고 쉬어 가지만 그러지 못할 때가 있습니다. 그럴 때는 아이들에게 양해를 구합니다. "오늘은 미안하지만 선생님이 이 서류를 꼭 끝내야 해서 조금밖에 못 놀아 줘. 오늘은 조금만 이야기하고 올라가자.”

월요일 주간 회의 시간이었습니다. 원장님께서 말씀하셨습니다.

“아이들이 오는 오후 시간대에는 사무실에서 나와서 아이들을 반겨 주고, 무거운 가방도 들어 주세요. 더우면 시원한 물도 마시라고 챙겨 주고 아이들을 다정하게 반겨 주세요.”

지난주, 일이 많다는 핑계로 아이들을 데면데면하게 대했던 모습이 떠올라 속이 뜨끔했습니다. 바깥일로, 외근으로 찌들었던 얼굴로 아이들을 맞이했던 걸 떠올리니 얼굴이 화끈거렸습니다. 아이들을 위해 일을 하면서도 아이들을 외면하고 있었다는 생각에 고개가 숙여졌습니다.

초등학생 때 저의 모습을 떠올려 보았습니다. 하교 후 무거운 가방을 메고 집으로 들어서면 어머니께서 웃는 얼굴로 반갑게 맞이해 주셨습니다. 여름철에는 시원하고 빨갛게 익은 수박을 잘라 주셨고, 배가 고프다고 한 날에는 설탕을 솔솔 뿌린 계란 토스트를 해 주셨죠. 엄마는 저를 반갑게 맞이해 주시고 간식도 해 주셨는데 저는 무엇이 그리 바쁘다고 곁에 있는 아이들을 보지 못했던 걸까요. 오늘 아이의 모습은 내일 다시 볼 수 없는데 말이죠.

종종 하교 후 배고픈 아이들을 위해 직원들이 모여 간식을 만들어 줍니다. 가끔은 바쁜데 무언가 시간을 쓰는 게 부담스러운 날도 있습니다. 그런데 막상 식당에 내려가면 내 안일한 생각이 틀렸다는 걸 알게 됩니다. 하교 후 맛있게 만든 간식을 아이들이 먹으며 웃는 모습에 힘든 일도 단숨에 사라지더군요.

우리는 아이들을 위해 존재합니다. 아이들이 있기에 우리도 존재합니다. 아이들의 웃음소리에 힘들고 고단했던 것들이 날아갑니다.

때론 눈앞에 중요한 서류들이 있어도 잠시 내려놓고 아이들을 보고 웃음 지어 봅니다.

누군가를 돕기 위해서는
자기 자신부터 잘 돌봐야 해요

⛵

    아침 출근길, 지하철을 타고 가는데 머리가 지끈거렸습니다. 지하철 안 텁텁한 히터 냄새, 옆 사람의 옷 냄새, 화장품 냄새가 코끝을 스치는데 속이 메스꺼웠습니다. 단순히 공기가 갑갑해서 숨을 쉬기 힘든 줄 알았는데, 점점 가슴이 답답해졌습니다. 들어오는 숨에 욱하고 덩어리 같은 것이 받쳤습니다. 기둥을 잡고 버티고 버텨 회사 근처 지하철역에 내렸습니다.

    머리로는 '지금은 이러고 있을 때가 아니야. 회사에 가야지' 하지만, 몸이 움직이지 않았습니다. 계단을 오르는데 발아래에서 누군가가 잡아당기는 것처럼 두 다리가 무거웠습니다. 욱하고 올라오는 이물감에 입을 막고 화장실로 달렸습니다. 화장실 변기통을 부여잡고 토하고 또 토해 냈습니다. 머리는 어지럽고, 숨이 잘 쉬어지지 않았습니다. 눈물범벅이 된 상태에서 휴대 전화로 회사에 전화를 걸었습니다.

"저, 여기, 지하철역인데 도저히 출근을 못 하겠어요."

"선생님, 지금 어디예요? 내가 지금 그쪽으로 갈게요!"

제 전화를 받고 달려온 선생님께선 협력병원에 저를 부축해서 데려다주셨습니다. 얼굴은 새하얗고 입술엔 핏기가 없었습니다. 어지러움이 가시지 않아 저는 링거를 맞았습니다.

"선생님, 이렇게 몸이 아플 때는 그냥 링거 맞으면서 쉬어요. 지금 회사 일이 중요한 게 아니라 선생님 몸이 더 중요해요. 링거 맞는 동안에는 아무 생각 하지 말고 그냥 누워서 한숨 자고 일어나요."

아프다는 말에 나를 부축해 주고 돌봐 주신 선생님께 감사했습니다. 한편으론 회사를 코앞에 두고 가지 못하는 심정, 오늘 해야 할 업무를 부탁해야 하는 상황이 죄송했습니다.

며칠이나 지났을까요. 다시 어지럼증으로 침대를 벗어나지 못했습니다. 알람 소리를 듣고 일어나려는데 '아, 내 몸이 왜 이러지' 두통을 넘어서 천장이 빙글빙글 돌았습니다. 일어서려 할수록 몸은 바닥으로 끌려 내려갔습니다. 겨우 기어가 화장실 변기를 끌어안았습니다. 속은 울렁거리고 힘이 다 빠져 버려 움직일 힘조차 없었습니다. 거실로 나와 옆으로 누워 울렁거리는 가슴을 부여잡고 눈을 감았습니다.

'내가 이 고통에서 벗어나기를, 내 몸이 편안해지기를, 내가 건강하게 일어날 수 있기를, 내 몸과 마음이 편안해지기를.' 어지럼증이 사라질 때까지 자애(自愛: 제 몸을 스스로 아낌-편집자 주) 명상 문구를 되뇌었습니다. 한 시간 정도 잠이 들었을까요. 오후쯤 증상이 나아졌을 때 인근 병원으로 갔습니다. 진료를 받으니 이석증 증상이라고 하더군요. 이후 두통과 어지럼증으로 대학병원에서 뇌 CT와 어지럼증 검사를 받았습니다. 검사 결과, 기립 저혈압과 과도한 스트레스로 인한 것 같다고 하시며 안정제를 처방해 주셨습니다.

제 몸에게 미안했습니다. 침대에 몸져누워 천장을 멍하게 바라보다 지난 삶을 돌아보았습니다. 몸을 쓰기만 했지, 바보같이 몸을 잘 돌보지 못했죠. 여름엔 접촉성 피부염으로 스치기만 해도 피부가 빨갛게 부어올랐고, 환절기엔 비염으로 코를 훌쩍였습니다. 스트레스를 많이 받을 때는 목에 무언가 걸린 것처럼 식도염을 앓았습니다. 컴퓨터 앞에 오래 앉아 있는 날엔 왼쪽 옆구리가 결려 왔고, 자다가 다리에 쥐가 내려 옴짝달싹 못 하는 날도 늘어 갔습니다. 그냥 피곤해서 그렇겠지, 혹은 그저 두통이겠거니 여기다 병을 키운 거였어요. 몸이 보낸 신호를 무시했기에 몸이 파업을 하고야 만 것이죠.

두 달 정도 안정제를 복용했습니다. 약에 의존할 수 없으니 일하는 시간을 줄이고, 퇴근 후엔 특별한 일이 없으면 휴식을 취했습니다. 오히려 영양가 있는 음식을 챙겨 먹고, 규칙적인 생활을 하게 되었어요. 아프고 난 후에 깨달았죠. 내 몸이 건강해야 두 발로 걸을 수 있고, 맛있는 음식도 먹을 수 있다는 걸요. 또한 건강해야지 가족들을 챙기고, 다른 사람들을 도울 수 있어요. 건강을 잃으면 아무것도 할 수가 없어요. 내 몸이 아프다고 신호를 보낼 때 꼭 치료를 받아야 해요. 내 몸은 이 세상에 하나밖에 없으니까요.

지난날을 생각해 보면 왜 그리 앞만 보고 살았는지, 잘해 내려고, 좋은 사람이 되려고 노력했는지 제 몸에게 미안했습니다. 멜 로빈스는 저서 〈굿모닝 해빗〉에서 "남을 도우려면 너 먼저 산소마스크를 써라"라고 했습니다. 누군가를 돕기 위해서는 내 산소마스크를 벗어서 내주는 게 아니라, 우선 자기 자신부터 잘 돌봐야 해요. 그래야 다른 사람도 잘 돌볼 수 있어요.

자애 명상

편안한 자리에 앉아 허리를 펴고 목과 어깨의 긴장을 풀어
줍니다.
눈을 감고 신체의 가슴 부위에 주의를 집중합니다.
숨을 깊게 들이마시고 천천히 내쉽니다.
지금 앉아 있는 내 몸 전체를 느껴 봅니다.
머리부터 발끝까지 온전히 느껴 봅니다.

나에게 말해 봅니다.
내가 행복하기를
내가 온전히 행복하기를
내가 지금 이 순간 이곳에 살아 있음을
있는 그대로 알아차릴 수 있기를
살아 숨 쉬는 것에 감사하기를

내가 안전하기를
내가 행복하기를
내가 건강하기를
내가 감사하며 살기를.

몸과 마음이 쉬지 못할 때 ON & OFF

저녁 6시쯤 해가 질 무렵, 차를 타고 외근을 나가는 길이었어요. '이 시간에 올라오는 건 누구지?' 눈을 찡그리며 자세히 보았습니다. 여리여리한 체구에 헐렁한 학교 체육복을 입고 오르락내리락하는 민국이가 눈에 들어왔습니다. 잠깐 차를 멈추고 창문을 내리며 말을 건넸죠.

"안녕 민국아, 학교에서 오는 길이야? 오늘 조금 늦었네? 저녁 식사 시간인데 얼른 올라가서 밥 먹어. 배고프겠다. 선생님은 병원 다녀올게. 지금 식당에 내려가면 밥 먹을 수 있을 거야. 선생님이 전화해 놓을게." 우물쭈물하는 민국이를 보곤 '왜 저러지?' 하며 의문을 가졌지만, 백미러에 올라가는 모습을 뒤로한 채 외근을 나왔어요. 그 후로 두 시간이 흘렀어요. 생활실 선생님이 사무실로 내려와 다급한 목소리로 말씀하셨어요.

"아 선생님, 어떻게 하죠. 민국이가 학교에서 원으로 안 왔어요.”

"네? 무슨 일이에요. 분명히 제가 나갈 때 들어오는 걸 보고 전화까지 했는데, 도대체 어디로 간 거죠? 최근에 이상한 거 없었어요?”

"며칠 전 어머님 집에 갔다가 용돈을 받았나 봐요. 그걸로 피시방에서 게임한다고 계속 늦게 들어오길래 오늘은 일찍 오라고 했거든요. 그런데 왠지 혼날까 봐 원에 안 들어오고 어디로 간 것 같아요. 큰 애들이랑 근처에 찾으러 나가 볼게요.”

"저도 같이 찾으러 갈까요?”

선생님은 제 임신한 배를 보시며 고개를 저었습니다. "선생님 홑몸이 아니잖아요. 얼른 일 마무리하고 집에 가서 쉬세요. 저희가 어떻게든 찾아볼게요.”

생활실 선생님은 고등학생 아이들과 민국이가 갈 만한 곳으로 찾으러 다니기 시작했습니다. 인근 피시방, 놀이터, 학교 근처, 이곳저곳 찾아다녀도 어디 갔는지 도통 알 수가 없었죠. 휴대폰 연락이라도 되면 좋을 텐데…. 밤이 어두워질수록 걱정은 깊어만 갔습니다. 책상 앞에 앉아 서류를 만지작거릴 뿐 일이 손에 잡히지 않았습니다. '무슨 큰일이라도 생기면 어떻게 하나' 조마조마했어요. 집으로 가려고 해도 발걸음이 떨어지지 않더군요.

남편에게 전화를 걸어 자초지종을 설명했어요. 같이 차를 타고 원내 근처, 학교, 교회, 편의점 등을 돌며 찾아다녔습니다. 경찰차도 빨간불을 번쩍이며 주변을 순찰하며 돌고 있는데 아무런 연락이 없어 지쳐만 가고 있었습니다. 마침 목이 빠지게 기다리던 경찰서에서 연락이 왔어요. 민국이가 예전에 살던 집 근처 마트에서 지나가는 걸 봤다고 말이죠. '아, 그래도 다행이다. 찾아서 다행이다. 엄마가 보고 싶다고 하더니 정말 엄마를 만나러 간 거였어.' 놀란 가슴을 쓸어내리며 안도의 한숨을 내쉬었습니다.

　며칠 전 어머니와의 면접 교섭으로 어머니 집에 다녀왔는데, 집에 어떻게 가는지 기억하고 있었던 거죠. 어머니께 받은 용돈으로 피시방에서 게임을 하다 늦게 원으로 들어가려니 혼날까 봐 무서웠나 봐요. 시설보단, 엄마 품이 그리웠을 거예요. 접근 제한이 걸려 있어 이제껏 만날 수도 없었죠. 얼마나 보고 싶고 그리웠을까요. 이젠 만날 수 있게 되었으니 얼마나 다행이에요. 민국이는 어머님 곁에서 하룻밤을 보내고 원으로 돌아왔습니다.

　이 일을 하다 보면 퇴근하고 개인 시간을 가지며 쉬고 싶어도 몸과 마음이 쉬질 못할 때가 있어요. 아픈 손가락 하나를 달고 사는 것처럼 늘 마음 한구석이 저렸습니다. 괜한 걱정인

줄 알면서도 아이들에게 무슨 일이 생길까 봐 마음이 쓰이는 걸 어떻게 해요. 근무 중인 선생님도 아이들과 함께 있으니 서류 하나 적는 것도 아이들 씻기고 재운 뒤에야 가능하죠. 퇴근 후에도 업무 연락을 받아야 하니 결국 온전히 쉬지는 못할 거예요.

저는 가끔 집에 와서 쉬어도 쉬는 느낌이 들지 않고, 계속 일의 연장선상에 있다고 느낄 때가 있어요. 예전엔 몸이 피곤해도 알아차리지 못했어요. 아무것도 안 하고 멍하게 있는데도 끊임없이 체력이 소모되고 있었죠. 저는 끊임없이 지난 일이 생각나고 떠오르고, 내일 일이 걱정될 때 ON/OFF 버튼을 눌러요. 시간을 정해서 생각하고, 그 이후엔 전원을 끈 것처럼 생각하지 않는 거죠.

ON 버튼을 눌러 생각했습니다. 민국이가 집에 들어오지 않아 찾으러 다닌 건 이미 몇 시간이 지난 일이죠. 다리가 뭉쳐 퉁퉁 부은 다리를 주무르며 지금 제 상태도 들여다보고요. 내일 일이 걱정되는 마음도 읽어 줘요. '괜히 민국이가 원에 돌아와서 혼나는 건 아닐까. 내일 일은 내일 생각하자. 내일 생각해도 늦지 않아. 좋은 방향으로 잘 해결될 거야' 하며 OFF 버튼을 눌러요. 더는 생각하지 않으려고 노력해요. 책상 위에 놓인 아로마 오일을 꺼내 은은한 향을 맡고, 귀 뒤와 목 뒤에 살짝

발랐습니다. 라벤더 향이 은은하게 퍼지니 마음이 좀 차분해졌어요. 퉁퉁 부어 있는 발을 꼭꼭 주물러 주며 몸을 이완시켜 줍니다.

  민국이는 방학이 되어 원가정으로 복귀를 했어요. 사랑하는 엄마와 어린 동생, 가족이 함께하는 가정에서 더는 부모님과 떨어지지 않고 행복하게 잘 지내기를 바랄 뿐이에요.

걱정은 걱정인형에게 맡기세요

⛵

   추운 겨울날, 한 통의 전화가 왔습니다.

   "아동보호전문기관입니다. 혹시 긴급으로 아이 입소가 가능할까요?"

   지금은 관할 구청의 승인을 통해서 들어오기 때문에 긴급 입소가 불가능하지만, 예전엔 긴급 전화 요청이 와서 입소하는 경우들도 있었습니다. 아이가 저녁 8시쯤 도착한다고 해서 기다릴 직원이 필요했습니다. 마침 서류 업무를 해야 해서 사무실에 남겠다고 했어요. 저녁 8시가 되어도 도착하지 않고, 전화번호도 몰라서 시계만 바라보며 기다리고 있었습니다. 30분쯤 지난 시각, 저보다 키가 작은 선생님과 키가 크고 앞머리가 눈을 덮는 덥수룩한 커트 머리 미소가 왔습니다. 검은색 롱패딩을 걸쳐 입고는 책가방과 보조 가방에 부랴부랴 옷가지를 챙겨서 왔던 거예요. 인솔 선생님께선 지하철을 여러 번 갈아타고 오느라 시간이 오래 걸렸다며 늦어서 죄송하다는 말을 연신 반복하셨어요.

'왜 이렇게 안 오나. 시간 약속을 지켜야지' 하는 마음도 있었는데 막상 기다리고 보니 추운 겨울 먼 길을 오느라 고생한 아이와 선생님이 안쓰러웠습니다. "오시느라 수고 많으셨어요. 기다리고 계시면 생활실 담당 선생님께서 내려오실 거예요" 하며 따뜻한 차를 내어 드렸어요. 그것이 미소와의 첫 만남이었습니다. 미소는 굳은 얼굴로 들어왔지만, 슬쩍 어설픈 미소를 짓는 모습이 참 예뻤어요.

미소는 생활실 아이들과도 잘 지냈어요. 잘 웃기도 하고, 캐릭터 그림을 잘 그렸어요. 12월 추운 겨울에 와서 초등학교를 졸업했어요. 중학교에 입학한다며 들뜬 마음으로 교복도 입어 보고, 치마는 자기 스타일이 아니라며 커트 머리를 긁적거렸어요. 저는 미소의 교복 매무새를 바로 해 주며 중학교에 다니면서 좋은 일이 많았으면 좋겠다고 말을 건넸죠.

하루는 학교를 마치고 온 후 사무실에 투명한 창으로 미어캣처럼 고개를 쭉 내밀어서 인사를 하고 나오라며 손짓하더군요. 눈은 아이에게 가 있었지만, 바쁜 업무를 처리하느라 몸은 모니터를 향해 있었고, 손가락은 키보드를 두드리고 있었죠. 입 모양과 손짓으로 '잠시만 기다려. 지금 나갈게' 하며 사무실 문밖으로 나가 미소를 만났어요.

쥐고 있던 손을 펼치며 "짠, 선생님 선물이에요" 하면서 걱정인형을 보여 주었죠. 단발머리에 빨간 안경을 끼고 웃는 모습. 몸은 흰색, 하늘색, 남색 실이 감겨 옷이 입혀 있었고, 오른쪽에는 Don't worry라고 적혀 있었어요.

"선생님 이거 걱정인형인데, 얘한테 걱정을 말하면 걱정이 없어진대요" 하며 학교에서 만든 열쇠고리를 저에게 선물로 주었습니다. "그럼 너에게 더 필요한 거 아니야?" 했더니 "저는 걱정 없어요" 하면서 하얀 이를 보이며 웃었습니다. 미소는 걱정이 많아도 늘 웃어넘기거나 마음속에 담고는 괜찮다고 하는 아이였습니다. "고마워. 선생님 책상 앞에 걸어 놓고 매일 볼게"라고 말하며 미소를 안아 주었어요. 걱정인형이 저에게로 왔습니다.

저는 걱정이 많은 사람이었어요. 사람들이 많은 곳이다 보니 생각지도 못한 일이 예고도 없이 벌어졌죠. 언제 어떤 일이 일어날지 늘 조마조마했습니다. 아침에 눈뜨자마자 아이들이 싸우지를 않나, 학교에서 전화가 오는 날엔 골치가 아팠죠. 갑자기 아파서 병원에 가는 아이들도 있고, 싸워서 코피가 나는 날도, 물건이 부서지는 날도 있었으니까요. 선생님들과 업무 전달을 하다 보면 오해가 생기기도 했어요. 갑자기 일어난 일에 어떻게 해야 할지 우왕좌왕하기도 하고, 뭘 어떻게 해야 할지 몰라 '멘붕'이 온 날도 많았어요. 그러다 보니 불안이 걱정에게 계속 먹이를 주고 있더군요.

아이들에게는 힘든 고민이 있으면 말하라고, 고민이 해결될 거라고 했지만 정작 저 자신은 그러지 못한 채 걱정만 쌓여 갔어요. 아이들이 고민을 이야기한 날, 저는 일지를 적고 난 후 걱정과 고민을 걱정인형에게 털어놓았죠.

'제발 형준이가 내일은 소변 실수를 하지 않기를.'

'아침 회의 시간에 별일 없이 지나가기를.'

'갑자기 일정 변경이 되지 않기를.'

걱정과 고민이 잘 해결되길 바라는 마음으로 말했어요. 신기하게도 마음에 어떤 힘이 생기는 듯했습니다. 고민만 하지 말고 어떻게 해결해 나갈지 생각하게 되었죠. 걱정인형은 아무런 말 없이 저를 바라보는데도 누가 내 걱정을 대신해 주니 마음이 편해졌어요.

힘든 상황에서도 웃음을 잃지 않았던 미소, 지친 나를 즐겁게 해 주었던 미소, 걱정인형을 내밀며 고민은 이 인형에게 맡기라고 했던 미소. 오늘은 유독 그녀가 생각나는 날입니다. 추억처럼 남기고 간 그녀의 걱정인형을 보며 웃음 지어 봅니다.

3장.
나를 돌보는 시간, 마음 챙김으로 여는 하루

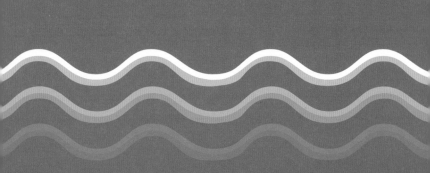

나는 나라는 아이를 키우기로 했다

⛵

    오늘은 저의 35번째 생일입니다. 아침부터 소고기미역국 향이 집안을 가득 채웠습니다. 눈을 비비며 구수한 향에 이끌리듯 주방으로 나왔습니다.

"엄마, 내 생일이라고 미역국 끓여 주는 거야?"

"응. 일어났어? 우리 딸, 생일 축하해."

"고마워요 엄마, 나 태어나게 해 줘서."

미역국을 휘휘 저으며 맛을 보는 엄마에게 물었습니다.

"엄마, 나 태어났을 때 기억나? 어땠어?"

"너는 내가 걸어가서 낳았지. 그날도 아침 다 해 놓고, 아침밥을 먹는데도 계속 진통이 반복되더라. 그래서 외할머께 전화하고, 조산소로 갔지. 너는 우리 집 앞에 있는 조산소에서 낳았어. 병원복으로 갈아입고 침대에 누우라고 하더구나. 유도제를 맞았더니 별로 산통도 하지 않았는데 네가 쑥 하고 나온 거야. 네가 건강하게 태어나서 기뻤단다. 울음소리도 얼마나 우렁찬지."

이제껏 내가 엄마의 딸이라고 생각했지만, 한 번도 호기심을 가지고 어떻게 태어났는지 물어본 적이 없었습니다. 30년이 넘도록 매년 생일에 미역국을 끓여 준 엄마에게 감사했습니다. 착하고 예쁘게 키워 준 엄마의 포근한 품이 좋으면서도 처음 혼자 두 발로 걸었을 때처럼 기대지 않고 '독립적인 존재'가 되고 싶었습니다. 지금까지 부모님의 도움으로 잘 자랐으니 이젠 내가 나를 돌보며 잘 키워 주고 싶었습니다. '내가 다시 태어난다면 어떨까?', '내가 나를 어떻게 하면 잘 키울 수 있을까?'란 질문에 답을 찾았습니다.

"나는 나라는 아이를 키우기로 했다."

위의 문장은 줄리아 카메론의 저서 〈아티스트 웨이〉를 읽으며 만든 저의 창조성 문장입니다. 내가 나를 어린아이 키우듯이 애정 어린 마음으로 키워 주고 싶었습니다. 엄마가 나를 따뜻하게 품어 주신 것처럼 나를 꼭 안아 주고 싶었습니다. 부모님께선 조건이 없이 언니와 저를 키워 주셨어요. 무얼 잘해서 잘해 주신 게 아니었죠. 그런데 저는 늘 '넌 부족해. 넌 더 열심히 해야 해' 하며 저를 다그치며 살았어요. 내가 어린아이라고 생각하니 무얼 잘하지 않아도 있는 그대로도 사랑스러웠습니다. 잘 먹고, 잘 자고, 잘 놀고 행복하게 해 주면 이걸로도 충분히 행복하겠더군요. 자기 대화 일지를 펼쳐 볼펜으로 끄적거렸습니다.

잘 먹고, 잘 자고, 잘 놀기
거울에 비친 나를 바라보며 웃어 주기
나와 대화하며 내 마음을 잘 알아주기
살아 숨 쉬는 것에 감사하기
두 발로 건강하게 중심 잡고 걷기
나의 꿈을 응원해 주고, 원하는 것 할 수 있게 해 주기
새로운 것을 경험하며 좋은 추억 쌓기
내 몸과 마음을 사랑해 주기
있는 그대로의 내 모습을 사랑해 주기

매년 나 자신을 애정 어린 마음으로 키워 가고 있습니다. 우리 아이들을 키우는 마음으로요. 어린아이를 대하듯 나에게 친절하고, 또 다정하게. 삶을 즐기며 살아가는 저를 응원합니다.

우리는 모두 이 세상에 매우 중요한 이유로 태어났을 거예

요. 이제부터 그 이유를 찾아 즐겁게 살아 보려 합니다. 무언가 잘해야, 많은 걸 가져야 행복한 게 아니었어요. 그저 살아 숨 쉬고, 사랑하며 사는 삶이 행복이었어요. 내가 나를 잘 이해해 주고, 아껴 줄수록 다른 사람들에게 다정하고 친절할 수 있었어요. 오늘도 '사랑'이라는 두 글자를 마음에 품고 살아갑니다.

나와 대화를 시작하다
⛵

    고요한 새벽 4시, 알람 소리에 잠을 깨워 봅니다. 누운 채로 고개를 좌우로 왔다 갔다 손발을 조물조물 몸을 움직이고, 스르르 몸을 일으켰습니다. 부스스한 머리를 쓸어내리며 팔다리를 쭉 늘려 스트레칭을 했어요. 베란다로 나가서 캄캄한 새벽 밤하늘을 고요히 바라보았죠. 새벽하늘에 반짝이는 별을 가슴에 품어 봅니다. 내 안에 있는 별이 반짝반짝 빛나길 바라면서요.

    주방으로 걸음을 옮겨 전기포트에 물을 끓였습니다. 포트가 보글보글 소리 내며 끓는 소리에 귀를 기울여 봅니다. 새벽에 들리는 작은 소리 하나하나에, 몸에 감각을 깨웠어요. 머그잔에 따뜻한 물과 찬물을 부어 음양탕을 만들어 책상 앞에 앉았습니다.

    자기 전 책상 위에 놓아 둔 노트와 펜으로 자기 대화 일지를 적었습니다. 모닝 페이지라고도 하는데, 저는 자기 대화 일지를 가지고 다니면서 쓰고 있어요. 자기 대화 일지 첫 줄에는 오늘 날짜와 시간을 적고, 그 아래에 이름과 함께 '사랑해'라고 적었습니다. 나 자신을 위한 수줍은 고백입니다. '사랑해'라는 단어를 적고 입으로 뱉으니 저절로 눈과 입가에 옅은 미소가 지어졌습니다. '사랑'이란 말을 마음에 품고 하루를 살아가면 실체가 없는 불안은 내려가고 사랑과 행복한 마음이 제 몸을 감싸 주는 것만 같습니다.

> 오늘은 새날이다! 내가 한 번도 살아 보지 못한 새로운 날!
> 나는 나를 사랑한다. 나를 충분히 아껴 주고 사랑할 수 있는 유일한 날!
> 힘든 일이 있어도 밝게 웃음 지으며 하루를 즐겨 보자!
> 누구도 나의 기분을 망칠 순 없어.
> 난 소중한 사람이야.

　오늘은 내가 처음 사는 하루이자, 마지막 하루가 될 수 있다고 생각하니 기쁘고 행복한 날들로 채우고 싶어지더군요. 다이어리에 세 페이지가량 고민과 걱정을 털어놓고, 응원과 감사의 글을 적고 출근길에 나섰습니다.
　아침 출근길, 하늘을 바라보았습니다. 따뜻한 햇살이 느껴지고, 평소에 보이지 않던 길거리에 놓인 화단의 꽃이 보이고,

새가 지저귀는 소리가 들렸습니다. 평소에 휴대폰만 보고 길을 거닐다 휴대폰을 내려놓으니 주변이 보이더군요. 지하철을 타고 가는 사람들이 보였어요. 팔짱을 끼고 자는 아저씨, 두꺼운 전공서를 무릎 위에 올려 두고 이어폰으로 노래를 듣는 여대생, 책을 읽고 있는 청년, 쇼핑카를 들고 가는 파마머리 아주머니. 저마다 자신의 삶을 살아가는 사람들이 보였습니다. 나도 나다운 삶을 살고 싶었습니다.

  자기 대화 일지는 저의 비밀 노트입니다. 오후쯤 일이 잘되지 않아 자기 대화 일지 노트를 펼쳤습니다.

  '난 왜 일이 하기 싫지? 분명 아침을 활기차게 시작하고, 좋은 것들을 보고, 행복했는데. 왜 이렇게 변덕이 심한 거야.' 쓰고 나서 물끄러미 바라봤어요.

  '동료의 말에 기분이 나빴구나. 불편한 감정이 머물러 있었구나.' 내 감정을 읽어 주었어요.

  '하루를 꽉꽉 채워 잘 살고 싶었구나. 다른 사람들에게 잘하려고 애썼구나. 열심히 살려고 했구나. 그래서 지쳤구나.' 저절로 답을 찾았습니다.

  '그래. 그래서 앞에 놓인 일을 보고 하기 싫은 마음이 올라왔구나. 그래서 어떻게 하고 싶은데?'

  '잘하려는 마음을 내려놓자. 어질러진 책상 위에 서류를 정리하면 내 마음도 정리가 될 것 같아. 일어나서 물 한 잔 가지고 와서 마시면서 재충전(refresh)하자.'

5분 남짓, 하기 싫어하는 마음을 읽어 주었더니 기분이 전환되더군요. 미루는 내가 아니라 조금이라도 하고 싶은 마음을 가지고 있는, 잘하고 싶은 마음을 알아주니 한결 마음이 가벼워졌습니다. 필요 없는 서류를 서랍에 넣고, 물티슈로 책상을 닦았어. 책상 위에 필요한 서류만 딱 올려놓으니 어수선했던 머릿속도 정리가 되어 다시 집중할 수 있었습니다.

2010년 10월부터 자기 대화 일지를 쓰면서 생각이 정리되고, 주변 정리도 저절로 되었습니다. 밤하늘에 별처럼 많은 고민과 걱정을 깨알같이 글로 쓰다 보니 별로 어려운 일이 아니더군요. 막막하고 방법이 없다고 생각했던 것도 해결 방법을 생각하게 되고 움직이게 되었습니다. 내 마음의 무거운 짐을 덜어 주었습니다.

자기 대화 일지는 참 재밌습니다. 막연하게 하고 싶다고 생각했던 걸 적었습니다.

아침에 기분 좋게 산책하며 출근해 보는 건 어때? - 아침 산책

매일 끄적거리는 글을 모아서 책을 내 보고 싶어! - 작가의 꿈

내 그림 실력은 초등학생 수준이지만, 언젠가 그림을 한번 배워 보고 싶어.

— 그림 배우기

꿈을 꾸는 건 자유니까요. 생각만 하던 걸 글로 적으니까 어느 순간이 되니 용기가 생겨서 하게 되더군요. 자기 대화 일지는 저에게 좋은 친구이자 상담자가 되어 줍니다. 제 곁에서 누구보다 나를 걱정해 주고 응원해 주는 친구가 되었죠.

확실한(확언을 실천한) 하루

⛵

그러던 어느 날 내 맘에 찾아온 작지만 놀라운 깨달음이
내일 뭘 할지 내일 뭘 할지 꿈꾸게 했지
사실은 한 번도 미친 듯 그렇게 달려든 적이 없었다는 것을
생각해 봤지 일으켜 세웠지 내 자신을
말하는 대로 말하는 대로 될 수 있단 걸 눈으로 본 순간 믿어보
기로 했지
마음먹은 대로 생각한 대로 할 수 있단 걸 알게 된 순간 고갤 끄덕
였지

　　　- 처진 달팽이(유재석 & 이적)의 노래 '말하는 대로' 중에서

　저는 '말하는 대로, 생각하는 대로 이루어지면 얼마나 좋을
까?'라는 상상을 합니다. 상상은 늘 즐겁지만 머릿속에 맴맴
돌기만 하고, 불씨를 피우기도 전에 꺼져 버리는 촛불처럼 행
동으로 옮겨지지 않을 땐 너무나도 허무했습니다. 처진 달팽이

의 '말하는 대로' 노래를 듣고, 우연히 긍정 확언 영상을 보았는데 '나도 내가 꿈꾸는 삶을 말하는 대로 살아가고 싶다'는 희망이 생겼습니다.

코칭 공부를 시작하면서 사람마다 존재 가치가 있고, 그것을 실현해 나가는 것이 '삶의 목적'이라는 믿음을 갖게 되었습니다. 그러던 저는 2021년 '확실한 하루' 프로젝트를 열었습니다. 확실한 하루란 '확언을 실천한 하루'의 줄임말로 자신의 정체성(Identity)과 존재(Being)를 생각하며 긍정 확언을 적고 실천(Doing)하는 프로젝트입니다.

'확실한 하루'를 하게 된 건 나 혼자만의 약속이 아니라 다른 누군가에게 '나 이거 할 거야!'라는 공표를 하기 위해서였고, 내가 말하는 걸 이루어 내고 싶은 의지도 담겨 있었습니다. 자신에 대해 긍정적인 생각을 갖고 행동으로 실현해 내고 싶었습니다. 자기 자신과 약속하고 지킴으로써 자기 신뢰를 쌓고, 선언의 힘으로 작은 목표를 달성하며 내적으로 성장하고 싶었습니다.

'확실한 하루'는 미루는 습관을 개선하고, 자신이 원하는 모습을 상상하며 실천해 나가는 모임입니다. 쉽게 설명하면 스스로 긍정적인 확언을 해 주며 자존감을 북돋아 주고, 생각에만 그치지 않고 실천으로 옮겨 보는 것입니다.

확언

나는 나를 사랑한다.

나는 삶을 주도적으로 살아간다.

나는 주어진 시간을 소중하게 여긴다.

나는 우선순위를 잘 알고, 완수할 수 있다.

나의 사랑이 다른 사람에게 선한 영향력으로 발휘된다.

나는 몸과 마음이 건강한 사람이다.

나는 감정 컨트롤을 잘하는 사람이다.

나는 마음의 평정을 잘 유지하는 사람이다.

TO DO LIST

아침에 일어나 거울 보며 웃기

따뜻한 물 한 잔 마시기

자기 대화 일지 쓰기

스트레칭, 요가 하기

다이어리 쓰기, 글쓰기

샐러드 챙겨 먹기

아침에 산책하기

점심시간에 스쿼트 100개

저녁에 감사일기 쓰기

내가 나의 매니저가 된 것처럼 미리 한 달 전, 일주일 전에 계획을 세우고 일정을 조율해 가며 몸의 컨디션을 조절했습니다. 식사를 거르거나 대충 먹는 게 아니라 무엇을 먹었는지, 골고루 영양소를 섭취했는지, 과식하지는 않았는지 몸을 살펴보기도 하면서요. 일정에 따라 자기 계발, 운동 등 해야 할 이유와 내 존재 가치를 생각하며 실천력을 높여 갔습니다.

연간 프로젝트로 '확실한 하루'를 하면서 건강한 아침 루틴이 생겼습니다. 하루하루 자신을 위한 삶으로 채워 갔습니다. 열심히 사는 인생이 아니라 내가 원하는 삶의 방향성을 가지고 살아가게 되었습니다. 하루를 계획하고 자기 전에 하루를 돌아보며 나의 삶이 어땠는지 생각해 보는 시간도 가지게 되었죠. 또한 긍정적인 확언으로 하루를 시작하다 보니 감정적으로 휘둘릴 때도 마음이 흔들리지 않았습니다. 자기 전에 못했던 걸 생각하지 않았고, 작은 것 하나라도 내 계획과 실천으로 옮겼기에 나를 믿고 사랑하는 마음이 커져 갔습니다.

성공하고 싶으면 '성공하는 생각'을 하라.
즐겁게 살고 싶으면 '즐거운 생각'을 하라.
사랑하고 싶으면 '사랑하는 생각'을 하라.
그리고 이 모든 것을 입으로 소리 내어 말하라.

- 루이스 L. 헤이, <나는 할 수 있어> 중에서

작은 빛을 모으는 감사일기

⛵

    어둠 속에서 쳇바퀴 돌 듯 살아가는 삶이 힘겨웠습니다. 양다리에 모래주머니를 찬 것처럼 몸이 천근만근이었죠. 하루하루 버티며 살아가기에도 벅차다 보니 투덜거리며 살았습니다. 하루는 퇴근 후에 서점에 들렀습니다. 서점 매대 위에 놓여 있던 책 한 권이 눈에 들어왔습니다. 〈인생이 바뀌는 하루 3줄 감사의 기적〉. 감사의 힘을 전파하는 코치이자 강연자 월 파이의 책이었습니다. '하루에 3줄씩 감사일기를 쓰면 인생이 바뀔까?' 매일 짜증 나고 힘들다는 생각이 지배했던 시기에 '감사'라는 단어가 낯설었습니다. '감사? 감사는 무슨. 정말 하루하루 괴로운데 감사한 게 뭐가 있어.' 생각해 보지도 않고 지나치려 했습니다. 그런데 감사하는 마음을 가지면 인생이 바뀐다고? 남들은 어떤 것에 감사함을 느끼며 사는지 궁금해졌습니다. 책장을 한 장 한 장 넘길수록 '감사'라는 단어가 제 마음속으로 스며 들어왔습니다. 그때부터 감사일기를 쓰기 시작했습니다.

> 1. 아침에 일어나 긍정 확언으로 하루를 시작할 수 있어서 감사합니다.
> 2. 점심시간에 밥을 먹고 양치질을 할 수 있음에 감사합니다.
> 3. 일정이 변경되었지만 일이 잘 해결되어서 감사합니다.
> 4. 날씨가 좋아 아이들과 나들이를 갈 수 있어서 감사합니다.
> 5. 우리 가족이 모두 건강해서 감사합니다.

'아침에 일어나는 것, 밥을 먹는 것, 비가 내리지 않고 맑은 것, 나들이를 간 것, 일이 잘 해결된 것.' 정말 사소한 일이었습니다. 저는 평소 "힘들다, 괴롭다, 짜증 난다" 기운이 쏙 빠지는 말만 반복했던 게 후회가 되었습니다. 생각해 보니 내가 살아 숨 쉬고, 건강한 것 자체가 감사한 일이었어요. 처음에는 감사한 일을 노트에 적다가 블로그에 '작은 빛을 모으는 감사일기' 카테고리를 만들어 기록을 해 나갔습니다.

어둠 속에서 빛을 발견하고 싶었습니다. 일상에서 작은 것이라도 행복해하며 살아가고 싶었습니다. 그렇게 해서 쓰게 되었던 감사일기. 하루를 정리하며 감사한 일들을 적었습니다. 오히려 힘들었던 순간을 돌이켜보니 감사한 일이 되어 있었습니다.

1. 피곤해서 일어나기가 너무 힘들었는데, 오늘도 무사히 출근하게 해 주셔서 감사합니다.

2. 결재판 속에 진심이 담긴 쪽지와 피드백을 보내 주신 원장님께 감사합니다.

3. 저를 도와 주는 사람들이 있어서 감사합니다. 같이 의논하고, 함께하는 직원들에게 감사의 마음을 보냅니다. 다음번에는 직접 표현해 봐야겠어요.

4. 아이들이 다친 데 없이 무사히 학교에 갔다가 돌아와서 감사합니다.

5. 힘든 삶 속에서 기쁨을, 즐거움을 찾을 수 있는 능력을 주셔서 감사합니다.

아이들 인솔을 나갔다가 휴대폰 액정이 깨졌습니다. 휴대폰 액정을 고치러 간 날도 감사했습니다. 휴대폰 점검도 받고, 배터리를 교체했더니 느려졌던 휴대폰이 빨라졌거든요. 그날, 입원했던 아버지께서 건강해지셔서 무사히 퇴원하시기도 했으니까요.

'작은 빛을 모으는 감사일기'는 어둠 속에서 빛을 찾아내고, 긍정의 촛불을 켜는 과정이었습니다. 저는 알게 되었습니다. 힘든 상황에서도 긍정적으로 생각하면 좋은 일들이 생긴다는 걸요. 일상이 지겹다, 따분하다 불평하는 삶이 아니라 작은 것에도 감사하며 사는 삶을 살아갑니다.

'오늘 하루도 감사합니다. 감사합니다.'

나에게 선물하는 7천 원의 행복

"꽃을 자기 자신에게 선물한다고요?"

"처음엔 좀 이상할 수 있는데 한번 해 보세요. 좋아요."

"저는 한 번도 저를 위해 꽃을 사본 적이 없어요. 선물로 받기만 했는데⋯. 막상 꽃집에 가도 어떤 걸 고를지 모르겠어요. 그리고 너무 어색할 것 같아요."

"꽃집에 가면 꽃들이 '나를 골라라' 하고 있을 거예요. 그럼 그중에 마음에 드는 거 고르시면 돼요. 한번 해 보세요."

가끔 자신을 위해 꽃다발을 샀다며 사진을 올려 주시는 도반 님과 대화를 나누며 호기심이 일렁였습니다. '남자에게도 꽃을 선물한다고? 기념일에 꽃을 받아도 그 순간만 기쁘지 별다른 행복을 느끼지 못했는데.' 나를 위해 꽃을 산다는 건 생각지도 못한 일이었습니다. 꽃집에 가서 나를 위해 꽃을 산다는 건 큰 용기가 필요했죠.

집에서 두 정거장쯤 떨어진 곳에서 꽃집을 찾았습니다. 버스를 타고 집으로 가면서 망설였어요. 꽃집에 가서 꽃을 사는데 결심까지 해야 하는 저를 보며 '웃프다'(웃기면서 슬프다)는 생각이 들었습니다. 왠지 꽃은 사랑하는 사람에게 주는 선물이란 생각이 들었거든요.

버스 정거장에 내려 꽃집으로 가면서도 생각이 많았습니다. '집에 그냥 갈까. 아니야. 왔는데 꽃집에 가 봐야지' 하면서요. 꽃집 앞에 서서 입구를 바라보니 반짝이는 조명이 참 따뜻해 보였습니다. 용기 내서 노란색 문을 열고 들어갔습니다. 어디에다 시선을 두어야 할지 모를 정도로 알록달록한 꽃들이 많아 눈이 휘둥그레졌습니다.

꽃봉오리를 금방이라도 틔워 낼 것 같은 노란 프리지아, 꽃의 여왕이라고 불리는 붉은 장미, 하얗게 겹겹이 쌓여 있는 잎들이 사랑스러운 리시안셔스. 꽃들은 자신들이 낼 수 있는 아름다운 빛을 내며 고유한 색으로 물들어 있었습니다. 시간이 흘러가는지도 모르게 한참을 바라보았습니다.

무슨 꽃을 살지 망설여졌습니다. '아, 그냥 나갈까. 추천해 달라고 할까. 아니야, 이건 내가 나한테 주는 거니까 내가 선택해야지.' 그러던 찰나 '데스티니(Destiny)!' 운명처럼 노란색 튤립이 제 눈에 들어왔습니다. 꽃병 안에 꽂아 두면 노란 튤립이 꽃봉오리를 틔워 내 활짝 필 것만 같아 마음이 설레었어요. 꽃집 사장님께선 황토색 크라프트지에 튤립 세 송이를 예쁘게 포장해 주셨죠. 추운 겨울바람에 날아갈세라 꽃을 품에 안고 집으로 왔습니다.

집에 도착했을 때 어머니께서 웬 꽃이냐고 물으셨어요. "내가 나한테 주는 선물이야"라고 말했습니다. 올 한 해 고생한 나를 위해 주는 내 선물.

코로나 시기, 투명한 벽이 생기고 마스크로 얼굴을 가린 채 하루하루 살아가는 게 외롭고 쓸쓸했습니다. 아이들과 얼굴을 맞대고 울고 웃던 게 그리웠습니다. 날이 추워서 마음이 얼어 버린 건지, 몸도 마음도 꽁꽁 얼어 버린 것만 같았죠. '앞으로 어떻게 되는 걸까?' 눈앞이 캄캄했어요. 쌓여 가는 서류처럼 고민도 쌓여 가던 시기. 마음대로 되지 않는 하루하루가 쌓여 갈수록 자신을 미워하는 마음도 커져만 갔습니다.

그랬기에 내가 나에게 주는 선물, 그리고 꽃이 더 어색했습니다. 고생한 나를 위해 제대로 인정 한 번 해 주지 않았고, 고맙단 인사도 하지 못했으니까요. 감사하다는 말을 들어도 늘 어색하고, 겸손하다 못해 별거 아니라며 부정했었죠. 누군가에게 위로받고 싶었습니다.

단돈 7천 원. 노란 튤립은 나를 사랑하는 마음이 담긴, 무엇보다도 값진 선물이었습니다. 선물은 소중한 사람에게 주는 거니까요. 추운 겨울 손발이 꽁꽁 언 채로 부지런히 다니고, 바쁜 연말을 마무리하며 치열하게 살아가는 저를 인정해 주었어요. 튤립을 투명한 유리병에 담아 말없이 한참을 바라보았죠. 꽃봉오리가 활짝 피어나듯 그 속에 사랑, 행복, 희망이 꽃 피우길 바라면서요.

가끔, 아주 가끔 나를 위해 필요가 아닌 마음이 담긴 소소한 선물을 합니다. 내가 나를 온전히 받아들이고 사랑해야 다른 사람도 사랑할 수 있는 법이니까요.

내 마음의 호수

7월 어느 주말, 도반 님을 만났습니다. 비건 브런치를 먹고, 한 카페에 들렀습니다. 커피 바(bar)에 앉으니 사장님께서 직접 커피를 내려 주시더군요. 평소 커피를 즐겨 마시는 편은 아니지만, 커피 향과 재즈 음악이 잘 어울려 커피를 주문했습니다.

카페 안에서 네모난 통창을 바라보니 파란 하늘이 보이더군요. 무더운 더위도 날려 버릴 것처럼 시원해 보였습니다. 계단으로 올라간 2층엔 한 평 남짓한 공간에 한 여성작가의 그림이 걸려 있었어요. 파스텔 톤으로 그려진 은은한 작품들 앞에 서서 한참을 바라보았죠. 보랏빛 바다에 정박되어 있는 배들, 바닷가를 거니는 갈매기 한 마리, 야자수와 버스. 작가님이 쓰는 파스텔 톤의 색감이 잔잔한 파도처럼 제 마음을 어루만져 주었습니다. 마음이 편안해지더군요.

'유명한 작가가 아니어도 전시 공간을 200% 활용할 수 있는 열정이 있는 분이라면 전시를 할 수 있어요.'

벽면에 붙어 있는 문구가 눈에 들어왔습니다. 유명한 작가가 아니어도 전시를 할 수 있다는 말에 호기심이 갔습니다. 도반 님과 이런저런 이야기 끝에 생각지도 못한 말이 제 입을 통해 나왔습니다.

"저, 그림을 잘 못 그리는데, 임신하게 되면 아기 태교로 그림을 그려 보고 싶어요. 저기, 작가가 아니어도 전시할 수 있다는데 저도 전시해 보고 싶어요."

도반 님은 저보다 더 좋아하시며 꼭 해 보라고 이야기하시더군요. '아이를 위한 태교, 나를 위한 도전과 힐링.' 상상하는 것만으로도 가슴이 뭉클해졌습니다.

10월 초, 아크릴화를 그리는 화실을 찾아갔습니다. 화실 입구에 마스코트인 하얀색 고양이가 꼬리를 흔들며 반겨 주었어요. 엑스트라 클래스(작품을 자유로운 일정으로 완성할 때까지 그리는 수업)를 수강하고, 일주일에 한 번 그림을 그리러 갔습니다. 퇴근하고 피곤할 법도 한데 캔버스 앞에 서 있는 제 모습을 상상하니 설레어 일찍 퇴근하고 싶었습니다. 퇴근 후 곧장 택시를 타고 화실로 향했습니다.

선생님께서 어떤 그림을 그리고 싶은지 물어보셨을 때 '호수'를 그려 보고 싶다고 했습니다. '고요하고 맑은 호수.' 제가 바라던 마음의 상태이기도 했어요. 무언가를 정화하고 싶었죠. 겪고 있는 일들, 켜켜이 묵혀 두었던 일들을 꺼내어 해소해 나가고 싶다는 마음이 올라왔었거든요. 돌이켜보면 연초에 혼자 색연필로 끼적여 놓은 그림은 눈물이었어요. 슬펐나 봅니다. 나를 휘젓는 슬픔을 흘려보내고, 호수처럼 잔잔해지고 싶었나 봐요.

회사에선 하루도 잔잔한 날이 없습니다. 아침 회의 시간마다 무슨 일이 일어날지 모르는 살벌한 분위기 속에서 늘 마음이 조마조마했습니다. 몇 달 전에는 고2인 현아가 자퇴를 하겠다고 하는가 하면, 사춘기인 준범이는 성적인 문제로, 그것뿐만 아니라 아동 학대로 조사를 받는 아이들까지 있다 보니 하루도 마음 편할 날이 없었어요. 그럴수록 호수를 품고 살아가듯 고요하게 지내고 싶었어요. 더 이상 주변 환경에 휘둘리고 연연해하며 가슴 졸이고 싶지 않았거든요.

단풍이 물드는 가을에 잔잔한 호수가 보고 싶어 주말에 드라이브를 떠났습니다. 경주 보문호수와 양산 법기 수원지, 함안 악양생태공원을 다녀왔습니다. 호수가 주는 편안함을 온몸으로 느껴 보았어요. 산책로를 따라 걷다 한 곳에 시선이 머물렀습니다. 한 줄기 햇살이 호수를 비출 때 빛이 일렁거렸어요. 고요한 호수 위에 내려앉은 햇살과 은은하게 흘러가는 윤슬(햇빛이나 달빛에 비치어 반짝이는 잔물결–편집자 주)을 마음속에 담았어요. 마음이 고요하고 편안해지더군요.

작업하는 캔버스 앞에 서서 맑은 호수와 윤슬을 떠올렸습니다. 추운 겨울이 지나 봄이 오듯이 내면에 가라앉은 부정적인 생각과 감정을 억지로 누르지 않고 물 흐르듯이 흘러가도록 두었어요. 꽁꽁 얼어 있던 마음도 스르륵 녹아 흘러내렸죠. 있는 그대로의 나 자신을 바라보고 다독여 주며 반짝이는 윤슬의 힘이 내 안에 있음을 알아 갈 즘 12월, '내 마음의 호수'가 완성되었습니다.

매일 거실에 놓인 '내 마음의 호수' 그림을 바라봅니다. 호수를 바라보며 마음에 담아 봅니다. 호수에 반짝이는 윤슬을 보며 내 마음도 넓어지기를, 깊어지기를, 맑아지기를. 부정적인 생각과 근심, 걱정이 들 때 선선한 바람결에 날아가기를. 알록달록 만개한 꽃들 속에서 환하게 웃을 수 있기를.

※작가의 이런 바람을 함께 나누고자 이 책 뒤표지에 '내 마음의 호수' 그림을 실었으니 감상해 보시기 바랍니다.

책 뒷날개에는 '내 마음의 호수' 작품 설명이 실려 있습니다.

문어의 꿈, 순수한 아이들의 꿈처럼

진로 코칭 프로그램을 진행하며 아이들이 무엇을 원하는지 물어보았습니다. '갖고 싶은 것, 하고 싶은 것, 가 보고 싶은 곳, 되고 싶은 것'을 적고 있었습니다. 조용한 적막을 깨며 "에이, 네가 무슨" 하며 비웃는 소리가 들렸습니다. 10여 분이 지났을 즈음, 여기저기서 떠드는 소리가 들립니다. 아이들을 조용히 시키고 설명했어요.

"발표하는 사람이 말할 땐 그 사람을 바라보며 잘 들어 주세요. 이야기가 끝난 후에는 '음, 그렇구나. 너는 그렇게 생각하는구나. 너는 할 수 있을 거야'라고 지지해 줍니다. 한 질문에 한 명의 이야기가 끝나면 다음 사람이 말하는 릴레이 방식으로 진행해 볼게요."

"첫 번째. 갖고 싶은 건 무엇인가요?"

"닌텐도, 게임기, 아이폰, 강아지, 가족들과 함께 살 집, 내 방, 람보르기니."

"음, 너는 그렇게 생각하는구나. 그게 갖고 싶구나. 멋있는 생각이네."

"그다음, 가 보고 싶은 곳은 어디인가요?"

1학년 재민이는 "마트에 가서 과자 사고 싶어요."

4학년 정호는 "제주도에 가고 싶어요. 친구들은 다녀왔는데 저는 제주도 한 번도 못 가 봤어요."

4학년 명우는 "저는 영국 가고 싶어요. 가서 손흥민 선수가 축구 하는 거 딱 한 번이라도 보고 싶어요"라고 말했어요. 그러는 순간 "야, 네가 영국에 어떻게 가?" 하며 옆에 있던 재빈이가 딴지를 걸었습니다.

"얘들아, 잠시만 조용히 해줘. 재빈이가 그렇게 생각하는 이유는 뭐야? 명우가 영국에 못 갈 것 같아서? 명우가 영국에 갈 수 있을지 없을지는 알 수 없어. 정말 가고 싶어서 열심히 아르바이트 해서 비행기 티켓을 살 수도 있잖니. 영어 공부를 열심히 해서 외국에 가서 살면? 오늘만큼은 너희의 가능성을 닫지 말고 활짝 열었으면 해."

"여러분은 어떤 사람이 되고 싶어요? 직업이 아니어도 좋아요."

"저는 동물을 좋아해서 사육사가 되고 싶어요. 동물을 사랑해 주고, 아프면 치료해 주는 사람이요."

"여기서 우리를 키워 주는 선생님처럼 사회복지사가 되고 싶어요. 저도 부모님 없는 아이들을 돌봐 주는 사람이 되고 싶어요."

　"춤을 잘 추는 아이돌이 되고 싶어요." 미나가 말을 하자 "야, 너 그 얼굴로 연예인이 되겠냐? 춤도 못 추면서 아이돌은 무슨. 풉" 하며 비웃었죠.

　저는 "우리 미나한테 미리 사인 받을까? 어떻게 알아? 미나가 나중에 유명한 걸그룹 멤버가 되어 있을지도 모르잖아." 미나의 꿈을 지지했습니다.

　아이들의 독특한 대답이 재밌지만, 한편으론 자신의 욕구와 꿈에 대해 부정하거나 비난받는 모습이 씁쓸했습니다. 어릴 땐 대통령도 되고 싶고, 하버드 대학에도 갈 수 있다고 꿈꾸는 시기가 있는데⋯. 그런데 정작 주변 친구들이나 어른들은 "네가? 할 수 있겠어? 어림도 없지. 허튼소리 하지 마" 하며 꿈을 꾸기도 전에 찬물을 끼얹죠. 가까이에서 응원해 주고 도와줘도 부족할 텐데 왜 어깃장을 놓는 걸까요?

　아이들과 상담하며 대학에 진학할지, 취업할지 물었습니다. 모아 놓은 돈이 부족하다 보니 돈을 벌기 위해 취업을 선택하는 아이들이 대부분이었죠. 이것이 현실이니까요. 집도 구해야 하고, 당장 나가야 할 전기세와 생활비, 식비들도 생각하다 보면 원하는 꿈에 도전하거나 대학에서 공부하기가 어렵습니다. 반대로 취업해야겠다고 마음먹었어도 고3에 대학 입시 원서를 당당히 써서 입학하는 아이들도 있어요. 마지막까지 자신이 원하는 것을 생각하고, 무엇을 선택하느냐에 따라 조금 더 자신이 원하는 삶을 살게 되더군요.

수영이가 중3 때 인문계를 가고 싶어 했습니다. 그런데 인문계보다 특성화고등학교에 진학해서 취업하는 게 낫지 않느냐는 말을 자주 들었대요. 그럼에도 수영이는 친한 친구와 함께 인문계에 다니고 싶어 했어요. 저는 수영이의 꿈을 지지했습니다. "수영아, 네 인생이니까 너의 선택을 한번 믿어 봐. 남들보다 부족하면 더 열심히 하면 돼. 넌 선생님이 되는 게 꿈이잖아."

수영이는 인문계 고등학교에 다니게 되었고, 3년이란 시간이 흘러 수능을 앞두고 있었습니다. 수영이의 목표는 'in 서울'. 성적도 성적이지만 생활비나 학비 부담을 미리 걱정하다 보니 안정적인 방향으로 어른들의 조언이 이어졌습니다. 수영이의 진심은 열심히 공부해서 원하는 학교에 가는 것이고, 수능 성적이 좋지 않으면 재수를 해서라도 자신이 원하는 학교에 가길 원했죠. 가수 안예은의 '문어의 꿈'을 아시나요?

문어의 꿈

안예은

나는 문어 꿈을 꾸는 문어
꿈속에서는 무엇이든지 될 수 있어
나는 문어 잠을 자는 문어
잠에 드는 순간 여행이 시작되는 거야
높은 산에 올라가면 나는 초록색 문어
장미꽃밭 숨어들면 나는 빨간색 문어
횡단보도 건너가면 나는 줄무늬 문어
밤하늘을 날아가면 나는
오색찬란한 문어가 되는 거
야 아아아 아아 야 아아아 아아
깊은 바다 속은 너무 외로워
춥고 어둡고 차갑고 때로는 무섭기도
해 애애애 애애 야 아아아 아아
그래서 나는 매일 꿈을 꿔 이곳은 참 우울해
(하략)

아이들이 마음껏 꿈꿀 수 있었으면 해요. 꿈을 찾아가는 여정이 쉽진 않겠지만, 그 꿈을 향해 나아가는 과정에 '안 된다'는 걸림돌이 되고 싶진 않아요. 시설 출신이고, 부모님이 안 계시면 또 어때요. 자신의 꿈을 펼쳐 나가는 여느 아이들처럼 반짝이는걸요.

　반복되는 일상이 익숙하고 지루해져 제 꿈이 무엇인지 잊어버리고 살았습니다. 꿈을 이루고 보니 꿈이 사라진 것 같아 허무한 순간들도 있었어요. '그냥 주어진 일만 하고 살아야 하나?' 하며 안주하는 마음이 들어 울적했어요. 그런데 제 마음을 어루만지고 들여다보니 내면에 샘솟는 꿈이 하나 있었어요. '글을 쓰는 사람이 되고 싶다. 책을 쓴 작가는 어떨까 하고요.'

　제 꿈은 계속 진행형이에요. 끊임없이 나를 돌아보며 내 꿈을 펼쳐 나가고 싶어요. 순수한 아이들의 꿈처럼.

하루 5분, 식물 & 셀프 가드닝 '식물명상'

어느 날 플래너를 쓰다가 문득 펜을 내려놓고 한숨을 푹 쉬었습니다. '자기 대화 일지, 새벽 코칭, 영어 단어 외우기, 확언 쓰기, 공문 발송하기, 오후 상담, 외근, 독서 인증, 웨딩 촬영 예약, 저녁 약속.' 빡빡한 일정 속에 숨 쉴 틈이 없더군요.

주어진 업무만으로도 체력적으로 버거운 날도 있었어요. 자기 계발과 결혼 준비까지 일정을 놓치지 않기 위해 타임테이블 안에 저를 끼워 넣어 살고 있었습니다. 빡빡하게 채운 삶. '이게 내가 원한 삶이었나. 할 일들만 가득했지 정작 몸을 쉬게 해줄 시간은 없잖아.' 눈물이 핑 돌았습니다. 자기 대화 일지에 끼적였습니다. '나에게 이렇게 많은 일을 줬으면 적어도 쉴 수 있는 시간은 줘야지. 잠시라도 쉬고 싶다. 쉬게 해줘.'

퇴근 후 친구를 만났습니다. 카페에 들렀는데요. 테이블 간격이 넓어 방해받지 않고 편히 쉴 수 있겠더군요. 제 시선은 1미터 정도 되는 큰 몬스테라에 머물렀습니다. 진록 빛 잎을 말

없이 바라보았습니다. 하늘과 맞닿은 울창한 공원을 거닐 때처럼 녹음이 짙은 공기가 내 안에 흘러들어오는 듯했습니다. 눈이 맑아지고 몸이 가벼워지더라고요. 진동벨이 울리기 전까지 10분 남짓, 기다리는 시간 동안 식물이 주는 맑고 순한 에너지에 몸과 마음을 씻어 냈습니다. 평소엔 잘 보이던 게 흐릿하게 보이고, 가끔은 눈의 초점을 못 잡을 만큼 눈이 피로했습니다. 이미 끌어다 쓴 에너지가 고갈되어 침대와 일체가 되어 쉬어야 했죠. 친구와 만났던 카페의 몬스테라가 계속 눈에 아른거렸습니다. 결국 신혼집에 몬스테라 화분을 데려왔습니다. 몬스테라(Monstera)의 이름을 따 '몬스터(Monster)'라고 이름 지었죠. 식물의 잎이 피어나는 모습을 바라보는 것도 좋고, 식물이 주는 휴식이 좋아 '하루 5분, 식물 & 셀프 가드닝' 모임을 만들었습니다. 식물을 가드닝 하며 자신을 잘 돌보자는 의미를 담았죠.

네이버 밴드를 활용해 하루 한 장의 식물 사진을 남기고 식물 명상을 한 느낌을 나누었습니다. '식물 명상'은 식물을 바라보고 편안하게 호흡하며 자신의 숨을 느껴 보는 거예요. 식물 주변에 두 손을 대어 식물의 기운을 느껴 보고, 단단한 잎이라면 잎을 만져 보기도 했죠. 매일 아침 창문을 열어 은은한 햇살과 맑은 공기를 받도록 하고 2~3일에 한 번 물을 주었습니다. 노란 액상 영양제도 꽂아 주었죠. 주말에 몬스테라를 무심히 바라보다 잎에 하얗게 쌓인 먼지를 닦아 주었습니다. 몬스테라의 먼지를 닦아 주었을 뿐인데 다정스럽게 나 자신을 돌보고 있는 느낌을 받았어요.

아침, 저녁으로 몬스테라와 인사를 나누는 게 일상이 되었어요. 아침 출근 전 다섯 손가락을 쫙 펼쳐서 몬스테라와 하이파이브를 합니다.

"안녕! 오늘도 잘 다녀올게. 나에게 긍정의 에너지를 줘."

영화 〈아바타〉에서 '에이와 나무'(Eywa: 아바타 시리즈에 등장하는 판도라 행성의 여신 또는 의식. '만물의 어머니' 또는 '위대한 어머니'라고 불리는 '에이와'는 판도라 행성과 나비족의 인도자이자 여신이다–편집자 주. 출처: 나무위키)와 나비족의 모든 생명체가 촉수로 연결되어 사헤일루('교감'이라는 의미. 〈아바타〉에서 판도라 행성 특유의 촉수로 이를 통해 부족과 동식물이 교감을 함–편집자 주) 하는 장면이 나옵니다. 저의 손과 몬스테라 잎이 교감하며 긍정적인 에너지를 교환합니다.

저녁 일과를 마칠 즘, 몬스테라 옆에 앉아 가만히 잎을 바라봅니다. 하늘 위로 솟아오른 줄기들 사이로 공작새처럼 큰 잎이 활짝 피어 있어요. 새 연한 잎은 꼭 새 부리처럼 보였어요. 한 마리의 새가 날아가는 것처럼 힘이 느껴졌어요. 몬스테라의 잎은 하나도 똑같이 생긴 게 없어요. 윤기가 반지르르하게 나는 몬스테라 잎. 키가 큰 몬스테라일수록 잎이 크고 구멍도 많이 나 찢어진 모습이네요. 큰 잎들 아래에 자그만 하트 모양의 온 잎이 보입니다. 큰 잎들이 작은 온 잎을 꼭 지켜 주는 느낌이 들었어요.

몬스테라에 대해 검색해 보니 큰 잎이 찢어지는 건 햇빛을 풍부하게 받기 위해서, 비바람에 잘 견디기 위해서라고 하더군요. 작은 잎이 큰 잎에 가려 햇빛을 받지 못할까 봐 큰 잎들이 자기의 몸을 찢어 낸다는 것이 놀라웠어요. 생명력이 강한 식물인 줄은 알았는데, 햇빛과 영양분을 나누는 이타적인 식물이라는 거예요.

몬스테라의 잎을 따라 굵은 잎맥이 보입니다. 잎사귀 끝까지 미세하게 뻗어 나가네요. 혈액이 미세한 혈관을 지나 손과 발끝으로 퍼져 나가듯 생명의 에너지가 끊임없이 돌고 도네요. 몬스테라를 든든하게 받쳐 주고 있는 뿌리도 보이네요. 흙 위로 솟아오른 뿌리는 제 새끼손가락 굵기만큼 크고 단단합니다.

푸르고 윤기 나는 잎을 매만질 때 마음이 순해지는 듯했어요. 넓적하고 둥그스름한 모양새에 저의 모난 마음을 의탁해 봅니다. 분주한 일상을 놓아둔 채 몬스테라 옆에 한참을 머물렀습니다.

숨을 들이쉬고 내쉬고, 또 숨을 들이쉬고 내쉬며 일상을 서행하는 시간을 가져 봅니다. 푸르고 고즈넉한 휴식에 나를 놓아주었습니다.

내 발이 향하는 곳에 마음이 머물기를, '걷기명상'

몸은 회사에 있어도 늘 마음은 콩밭에 가 있었습니다. '내가 왜 여기에서 이렇게 힘들게 일하지?' 아침부터 출근하기 싫어하는 나를 겨우 데리고 왔습니다. 문득 내가 이 회사가 싫으면 그만두면 되지, 왜 이렇게 전전긍긍하며 일을 하고 있는지 의문이 들었죠. 생각해 보면 아무도 저에게 이 회사에 오라고 하지 않았어요. 제 발로 이곳을 찾아왔죠.

일하고 싶어서 제발 합격했으면 하며 이력서를 제출했던 순간. 그리고 첫 출근하는 날, 어떤 옷을 입고 갈지 설레었죠. 그런데 어느 순간 설렘도, 기대도 없어졌다는 걸 알게 되었습니다. 제 마음이 변했던 거죠. '즐겁게 출근할 수 없을까?' 생각했어요. 그러던 중 제가 산책하고 조금 걸으면 기분이 좋아진다는 걸 발견하게 되었습니다. '혼자 걸어도, 둘이 걸어도 좋은 산책.'

출근길에 '그린레일' 산책로를 발견했습니다. 차가 지나가고 사람들이 많은 출근길이 아닌 산책로로 발길을 돌렸습니다. 시간상으로 별로 차이가 없었죠. 그런데 종종걸음으로 재촉하던 발걸음이 사뿐사뿐 가벼워졌습니다. 또 하나 달라진 건, 산책하는 마음으로 출근할 수 있게 되었다는 겁니다. 내가 걷는 걸음에 힘을 실어 보고, 초록 잎 나무들이 반겨 주는 길을 거닌다는 것 자체가 좋았습니다.

아침 출근길, 산책을 하다 애기사과 나무를 만났습니다. 겨울에서 봄을 지나갈 즘 앙상한 가지에 '애기사과'라고 적힌 이름표를 보았습니다. 점점 초록 잎이 피어나더니 여름쯤 잎이 무성해졌습니다. 매일 오가다 보니 하얀색 사과꽃이 피더군요. 꽃이 하나둘씩 떨어지고 가을쯤 체리처럼 작은 크기의 사과가 달렸습니다. 초록빛 사과가 붉게 물들어 가는 과정을 보았죠. 겨울이 되어 새 모이가 되고 앙상한 가지만 남는 과정을 지켜보았습니다.

제가 출근하고 퇴근하는 그 길에 싹이 트고, 꽃이 피고, 열매가 맺는 과정이 묻어나 있었습니다. 산책하다가 매미의 탈피 과정도 보게 되었죠. 애벌레로 나무를 기어 올라가는 모습, 나뭇잎 뒤에 남겨진 번데기 껍질, 맴맴 우는 매미 소리. 더디고 더뎌서 모르고 살았는데 이 모든 과정이 사계절에 담겨 있었습니다.

지난날을 돌이켜보았어요. 반복되는 단순한 일상을 견디는 것이 과연 옳은 일인지, 내가 임상심리상담원이 되기 위해 들인 시간과 돈, 열정은 정당한 것이었는지. 갈피를 잡지 못해 방황해 온 시간이 스쳐 지나갔습니다. 과연 내가 이곳에 뿌리를 내리고 전문인으로서 자리를 잡을 수 있을지 막막했어요. 발에 채는 잡초처럼 언제는 밟혀 시들어져 버리거나 뽑혀서 사라질지도 모른다고 생각했던 거죠.

산책하면서 알게 되었습니다. 아침마다 내 발이 향하는 곳에서 회사에 머무는 이유를 찾았고, 뿌리 내리고 있다는걸요. 출근길 산책을 할 때면 길의 경계에 서서 두 발을 모으고 가만히 5초를 셉니다. 상상하는 것이죠. 이 산책길이 회사로 향하는 꽃길이라고 말입니다. 꽃길을 걸으며 푸르른 나무, 알록달록한 꽃들을 눈에 담습니다. 길을 걸으니 울창한 나뭇잎 사이를 비집고 떨어지는 햇살 조각들이 눈부십니다. 걸을 때마다 내 발길이 향한 곳에 내가 있는 이유가 있다고 주문을 걸어요.

내 발이 향하는 곳, 내 시선이 닿는 곳에 내가 닿기를 바라는 마음으로 깊은 호흡을 하며 내 몸이 어디에 있는지 느껴 봅니다. 내가 해야 할 일이 선명해지고, 분주했던 나의 마음과 행동이 차분해집니다.

마음의 온기를 채우는 시간 '마음 챙김 식사'
⛵

　방학 점심시간. 오늘은 제가 식사 당번입니다. 아이들에게 따뜻한 점심 식사를 챙겨 주러 식당으로 내려갔습니다.

　"선생님, 저 내려왔어요. 오늘 맛있는 음식이 많네요. 날씨도 더운데 음식 하신다고 고생하셨어요."

　"아이고 선생님, 덥기도 덥고 메뉴가 어찌나 많은지. 힘들다 힘들어."

　등줄기에 땀이 흐르는 조리사님의 뒷모습을 보며 짧은 대화를 나누었습니다. 얼른 식판을 꺼내고, 반찬 트레이를 옮겨 배식 준비를 마쳤습니다. 오늘따라 아이들도 배가 고팠는지 밥과 반찬을 더 받으러 왔습니다.

　"선생님, 탕수육 더 주세요."

　"얘들아, 그렇게 맛있어? 잘 먹으니까 보기 좋구나."

　아이들은 "잘 먹었습니다"라는 인사를 남긴 후 유유히 식당을 떠났습니다. 아이들이 식사를 마치고 나갈 때마다 식판과 국그릇, 수저들이 쏟아져 나왔습니다. 앞치마 끈을 졸라매고 조리사님의 보조에 맞춰 설거지 공장을 돌렸습니다. 솥뚜껑 운전이 화려한 조리사님의 속도에 맞추자니 허리를 펼 새도 없었습니다. 식기세척기에서 나오는 '쏴' 하는 소리와 열기에 혼이 다 나갈 것 같았습니다.

식사가 끝날 즘, 인원수에 맞게 적당량만 조리하다 보니 밥과 반찬이 조금밖에 남지 않았습니다. 아이들 배식할 때는 배에서 천둥번개가 쳤는데, 설거지하고 나니 입맛이 뚝 떨어졌습니다. 정신없이 움직이고, 음식을 계속 봐서 그런지 입맛이 없었습니다. "아이고" 곡소리가 절로 났습니다. 허리가 뻐근해 옆에 있던 의자를 끌어다 털썩 앉았습니다.

"우리 선생님, 진이 다 빠져 버렸네. 반찬이 없는데 어째 계란프라이라도 하나 해 줄까요?"

"아니요. 더워서 그런지 입맛이 없어요. 다음에 맛있게 해주세요. 오늘은 그냥 있는 반찬으로 먹고 올라갈게요. 선생님도 좀 쉬세요."

국에다 밥을 말아 김치와 간단하게 먹고 사무실로 올라왔습니다. 입은 먹었다고 하는데 배 속은 헛헛했습니다.

퇴근 후, 앞치마를 두르고 저녁 식사 준비를 했습니다. 쌀과 잡곡을 꺼내 두세 번 씻어 냈습니다. 간질간질 쌀알도 손으로 느껴 보고, 뽀얗게 나오는 쌀뜨물도 바라보았죠. 밥솥에 밥을 안쳤습니다. 밥이 되기 40분 남짓.

냄비에 불을 올려 육수 한 알을 넣고 보글보글 끓였습니다. 두부, 애호박, 양파, 감자, 팽이버섯을 흐르는 물에 씻어 도마 위에 올렸습니다. 칼이 도마 위에서 탭댄스를 추듯이 '탁탁, 탁탁탁, 탁탁.' 재료들을 썰어 냈습니다. 가스레인지 위에서 보글보글 끓는 하얀 육수에 누런 된장을 풀어 내 구수한 맛을 냈죠. 초록색 모자를 쓴 애호박, 노란 얼굴을 드러낸 감자, 속살까지 하얀 부들부들한 두부를 넣어서 한소끔 끓여 보글보글 된장찌개를 완성했습니다.

프라이팬에 소불고기와 양파, 당근을 넣고 요리조리 볶아 냈어요. 신선한 양상추샐러드에 까만 올리브, 방울토마토, 노란 파프리카를 올려 콥샐러드도 담아 냈어요. 4절 접시에 반찬을 먹을 만큼 정갈하게 담아 식탁을 차렸습니다. 남편과 식탁에 마주 앉아 하루 일과에 대해 이야기하며 밥 한술을 떴습니다.

"당신은 오늘 하루 어떻게 보냈어?"

"음, 오늘은 오후 내내 외근이었어. 돌아오는 길에는 차가 어찌나 막히던지. 점심도 부실하게 먹어서 그런지 배가 너무 고팠는데 이렇게 저녁을 맛있게 차려 주다니 와, 감동이야."

"오구 그랬어. 오늘 많이 힘들었겠다. 저녁밥 먹고 힘내!"

갓 한 밥에 따뜻한 국물과 소박한 반찬. 식사 한 끼에 행복감이 몰려왔습니다. 고생한 나에게 챙겨 주는 소중한 한 끼. 허기진 배와 마음을 든든하게 해 주었습니다.

내 몸아 오늘도 고생했어 '샤워명상'

⛵

해가 기울어지는 시각. 네모난 창으로 따뜻한 햇볕이 들어오는 오후였습니다. 창문 너머 "으앙" 하는 아이의 울음소리가 들렸습니다. '무슨 일이지? 누가 우는 거지?' 별일 아니겠지 하며 기다려도 울음이 그치질 않았습니다. 잡고 있던 펜을 내려놓고 생활실로 올라갔습니다. 문을 열고 들어가니 거실에는 아무도 보이지 않았습니다. "안에 계세요?" '똑똑똑' 노크하고 인기척이 나는 방으로 들어갔습니다.

선생님은 앉아서 다른 아이와 옷 정리를 하고, 효린이는 그 앞에 서서 떼를 쓰며 울고 있었습니다. 선생님께 어떤 상황인지 물었습니다. "지금 옷 정리한다고 바쁜데 효린이가 씻겨 달라고 난리예요. 다른 아이들은 학교 갔다 와서 다 씻었는데, 효린이는 그때 딴청 부리고 안 씻더니 지금은 자기만 안 해 줬다고 저렇게 떼를 쓰네요. 어휴."

효린이를 달래기 위해 잠시 거실로 데리고 나왔습니다. 마주

보고 두 손을 잡았습니다. "후…, 후…" 하며 숨을 고르고 울음이 그치길 기다렸습니다.

"효린아, 무슨 일이야? 선생님에게 설명해 줄 수 있어?"

"선생님이 내 말만 안 들어 주잖아요. 나만 샤워 안 시켜 주잖아요!" 화를 냈습니다.

"선생님이 네 말 안 들어 줘서 화가 났구나. 샤워하고 싶은데 못 해서 이렇게 울고 있었어?"

"네, 네…."

"선생님이 말할 때 효린이가 안 들어 줘서 선생님도 네 말을 안 들어 주시는 것 같은데? 선생님이 하교 후에 샤워하자고 여러 번 말씀하셨는데 못 들었어?"

"아, 그때는 친구랑 휴대폰 게임 한다고 몰랐어요" 하면서 점점 목소리가 작아졌습니다.

"선생님도 어릴 때 그랬어. 학교 갔다 와서 게임 하는 게 너무 재미있어서 엄마가 샤워하자고 했는데도 안 하고 놀았어. 나중에 알게 됐는데 샤워를 먼저 하면 더 좋아. 왜냐면 깨끗하게 씻고 편한 옷으로 갈아입으면 기분이 좋아지거든. 그 후에 즐겁게 놀 수 있고, 제일 좋은 건 더 이상 잔소리를 안 들어도 된다는 거야."

"진짜 선생님도 그랬어요?" 새우 눈을 하고 있던 효린이와 눈이 마주쳤습니다.

"응, 그렇다니까. 선생님도 일하고 집에 가면 피곤해서 씻기 싫을 때도 있어. 그래서 5분만, 10분만 하고 소파에 기대어 쉬기도 하고 휴대폰 보고 있을 때도 있어. 그런데 요즘은 집에 가서 가방 내려놓고 바로 씻으려고 노력하고 있어. 너도 그렇게 해 보는 거 어때?"

"저도 좋아요."

"효린아, 샤워 안 시켜 준다고 선생님께 화내고 소리 지른 건 잘못된 행동 같은데 어떻게 생각해?"

"저도 그렇게 생각해요."

"그럼 어떻게 하면 좋을까?"

"선생님께 소리 질러서 죄송하다고 사과해야 돼요."

"오, 좋아."

"지금 씻어도 되는지 물어볼 거예요."

"선생님이 지금 옷 정리하느라 바빠서서 안 된다고 하면 어떻게 할 거야?"

"아 그런데 지금 씻고 싶어요."

"그럼 이런 방법은 어때? 오늘만 임상 선생님이 봐줄 테니까 선생님에게 여쭤 보고, 된다고 허락해 주시면 너 샤워하는 거 도와줄게. 어때?"

"좋아요."

우여곡절 끝에 효린이는 선생님께 죄송하다고 사과하고, 샤워해도 된다는 허락을 받았습니다. 효린이는 혼자서도 씩씩하게 잘 씻었고, 울고 고집 부리던 못난 얼굴이 씻겨 나가 해맑게 웃는 얼굴이 되었습니다. 머리와 몸에 남은 비눗물을 씻겨 주고, 보송한 수건으로 몸을 닦아 주고 나왔습니다.

저도 퇴근 후 집에 와서 '조금만 쉬어야지' 하며 가방을 내려놓고 5분만, 10분만 하면서 휴대폰을 만지며 시간을 보냅니다. 피곤한 날은 가방만 내려놓고 '잠깐만 누워야지' 하면서 소파에서 잠이 든 날도 있었습니다. 씻고 싶었지만 피곤함에 아무것도 하기 싫었던 밤, 쉬고 있으면서도 늘 머릿속을 해야 하는 일, 하지 못한 일들로 어지럽힙니다.

오늘만큼은 피곤을 툭툭 털고 소파에서 일어나 갈아입을 옷을 챙겨 욕실로 향했습니다. 하루 종일 밖에서 묻은 먼지와 묵은 피로를 씻어 내는 데 샤워만 한 게 없습니다. '샤워명상'은 지친 내 몸을 휴식시켜 주는 일상생활 마음 챙김 명상입니다.

샤워명상

샤워기를 켜서 물 흐르는 소리에 집중해 봅니다.
소리에 집중하다 보면 마음이 평온해짐을 느낄 수 있습니다.
손끝에 닿는 물의 촉감과 온도를 느껴 봅니다.
흐르는 물을 바라봅니다.
차가운 물에서 따뜻한 물로, 자신의 체온에 맞게 물 온도를
조절합니다.
머리로 다른 생각이 든다면 그 생각을 멈추고 잠시 내 몸에
집중해 봅니다.
물이 몸에 닿는 감각을 알아차려 봅니다.
손, 팔, 얼굴, 머리, 목, 어깨, 가슴, 배, 등, 엉덩이, 허벅지, 종
아리, 발. 신체 부위에 닿는 물의 감촉은 어떤가요?

머리에 물을 적시며 머리카락 사이사이에 있는 손가락의 느
낌을 느껴 봅니다.
샴푸 거품을 내어 손가락으로 두피를 마사지해 봅니다.
두피의 촉감이 딱딱한지, 말랑말랑한지 느껴 봅니다.
샴푸의 향이 어떻게 느껴지나요?
샴푸 거품을 씻어 내립니다. 온전히 느껴 봅니다.
뻐근한 목을 두 손으로 주물러 긴장을 풀어 줍니다.

바디 워시를 샤워볼에 묻혀 몸을 닦을 때 느껴지는 감촉을 느껴 봅니다.

거품이 내 몸을 감싸고 있는 것을 알아차려 봅니다.

코끝으로 어떤 향이 느껴지나요?

거품은 어떤 모양인가요?

물로 거품이 씻겨 나가는 걸 바라봅니다.

물줄기가 머리부터 발끝까지 몸을 타고 흐르는 것을 감각으로 느껴 봅니다.

발이 어디에 있는지 알아차려 봅니다.

온종일 제일 낮은 곳에서 내 몸을 지탱해 준 발을 깨끗이 씻어 줍니다.

샤워를 마친 후 뽀송한 수건으로 몸을 닦습니다.

몸의 물기를 닦을 때 습관적으로 닦는 것이 아니라 몸을 세세하게 관찰해 봅니다.

자신에게 사랑의 말을 전합니다.

"고마워, 사랑해, 내 몸아. 오늘도 잘 살아 줘서 고마워. 나의 손, 팔, 머리, 목, 어깨, 가슴, 배, 등, 허리, 엉덩이, 허벅지, 종아리, 발, 고마워."

나를 위해 오늘도 고생한 몸에게 고맙다고 인사를 건네 봅니다.

누워서 10분 '바디스캔 명상'

⚓

  감정 코칭 프로그램이 있는 날입니다. "여러분 지금 기분이 어때요? 아침에는 기분이 어땠어요? 점심에는요? 저녁에는 어떨 것 같아요?" 어떤 상황에 기분이 좋은지, 나쁜지, 감정이 변하는지 아이들과 이야기를 나누었습니다.

  "활동지 위에 사람 모양이 보이죠? 지금부터 내 몸을 머리부터 발끝까지 엑스레이 촬영하듯이 스캔해 보세요. 자신의 몸 상태를 살펴본 느낌을 색연필로 색칠해 보세요."

  아이들은 저마다 이끌리는 색으로 사람 모양을 색칠했습니다. 영준이의 그림을 보니 머리와 가슴이 불타올랐고, 두 주먹을 불끈 쥔 손도 빨갛게 되어 있었습니다. 영준이는 아침에 학교에 갔을 때 두통이 있었다고 하더군요. 친구들이 자신을 보고 놀려서 속상한 마음과 복수하고 싶은 마음을 붉은 주먹으로 표현했습니다. 정민이는 온몸을 하늘색으로 색칠했습니다. 대충 색칠한 건 아닌지 물어보니 그냥 마음이 편안하다고 하더군요. 아이들은 자신의 감정을 이끌리는 색으로 표현한 거였어요.

프로그램을 마친 후 정리를 하다가 한 장 남은 활동지에 제 감정도 표현해 보았습니다. 머리는 빨간색으로 채우다 까맣게 색칠을 했습니다. 목은 뻐근함이 느껴져 남색으로 색칠했어요. 어깨에 뭉친 느낌이 들어 검은색으로 돌덩이를 그렸어요. 두 팔과 두 다리가 뻐근한 느낌을 어떻게 표현할까 하다가 파란색으로 색을 채웠어요. 뻐근한 허리는 붉은색으로요. 생각보다 어렵더군요. 그런데 내 감정과 신체 부위를 느껴 보니 제 몸의 세포에 집중하는 느낌이랄까요.

퇴근 후 집에 와서 간단하게 저녁 식사를 했어요. 따뜻한 물에 샤워를 하고 나니 몸이 노곤해져 긴장이 풀렸습니다. 불을 끄고 침대에 누웠습니다. 누워서 10분 정도 '바디스캔 명상'을 합니다.

바디스캔 명상

팔다리에 긴장을 풀고, 천장을 바라보고 반듯하게 눕습니다.
눈을 지그시 감고, 팔은 몸 옆에 편안하게 둡니다.
손바닥은 천장을 향한 채로 온몸에 힘을 풀어 줍니다.
두 다리는 골반 너비만큼 벌려서 발목에 힘을 뺍니다.
고개를 좌우로 움직여 봅니다.

숨을 한번 크게 들이마십니다.
들이마시는 숨에 배가 나오고 내쉬는 숨에 배가 쏙 들어갑니다.
다시 배 끝까지 공기를 가득 채워 보고 내쉬면서 모든 공기를
끝까지 내뱉어 봅니다.
자신의 호흡을 관찰합니다.
들이마시는 숨, 내쉬는 숨, 숨을 천천히 바라봅니다.

자신이 누워 있는 바닥을 느껴 봅니다.
바닥과 몸이 만나는 그 사이에 의식을 둡니다.
그저 자연스럽게 들어가고 나오는 호흡의 흐름을 느껴 봅니다.

자신의 의식을 오른쪽 손으로 가져갑니다.

오른쪽 엄지손가락, 둘째손가락, 셋째손가락, 넷째손가락, 새끼손가락.

손가락에 힘을 빼 봅니다. 오른쪽 손가락이 이완됩니다.

오른쪽 손바닥, 손등, 손목, 오른쪽 아래팔, 팔꿈치, 팔 위쪽이 이완됩니다.

오른쪽 어깨, 겨드랑이, 옆구리, 엉덩이, 오른쪽 대퇴부, 무릎, 종아리, 발목, 발등, 발바닥을 느껴 봅니다.

오른쪽 엄지발가락에 힘을 빼 봅니다. 둘째발가락, 셋째발가락, 넷째발가락, 새끼발가락에 힘을 빼 줍니다.

자신의 의식을 왼손으로 가져갑니다.

왼쪽 손가락에 힘을 빼 줍니다.

왼쪽 엄지손가락, 둘째손가락, 셋째손가락, 넷째손가락, 새끼손가락.

손가락에 힘을 빼 봅니다. 왼쪽 손가락이 이완됩니다.

왼쪽 손바닥, 손등, 손목, 왼쪽 팔꿈치 아래팔, 팔꿈치, 팔 위쪽이 이완됩니다.

왼쪽 어깨, 겨드랑이, 옆구리, 엉덩이, 왼쪽 대퇴부, 무릎, 종아리, 발목, 발등, 발바닥을 느껴 봅니다.

왼쪽 엄지발가락에 힘을 빼 봅니다. 둘째발가락, 셋째발가락, 넷째발가락, 새끼발가락에 힘을 빼 줍니다.

의식을 몸 뒤쪽에 둡니다.
양쪽 발뒤꿈치, 양쪽 아킬레스건, 양쪽 종아리 뒤쪽, 양쪽 무릎 뒤, 허벅지 뒤쪽, 골반, 엉덩이, 허리, 등, 척추, 목 뒤, 머리 뒤쪽.

이제 의식을 몸 앞으로 둡니다.
정수리, 이마, 오른쪽 눈썹, 눈꺼풀, 눈동자, 오른쪽 볼, 오른쪽 귀.
왼쪽 눈썹, 눈꺼풀, 눈동자, 왼쪽 볼, 왼쪽 귀.
코, 코끝, 오른쪽 콧구멍, 왼쪽 콧구멍.
윗입술, 아랫입술, 턱, 목. 힘을 빼 줍니다.
오른쪽 가슴, 왼쪽 가슴, 가슴 사이, 배꼽, 복부. 의식을 조금 더 큰 부위에 둡니다.

오른쪽 다리 전체, 왼쪽 다리 전체, 양다리 전체.
오른쪽 팔 전체, 왼쪽 팔 전체, 양팔 전체.
몸의 앞부분 전체, 몸의 뒷부분 전체.

나의 몸 전체가 아주 편안하게 이완된 상태가 되었습니다.
내 몸의 모든 부위가 동일하게 그에 맞는 무게를 가지고 편안
한 상태가 되었습니다.

오늘 하루 수고한 나에게 칭찬을 해 봅니다.
"수고했어. 정말 수고 많았어. 잘했어."

들이마시는 숨에 행복과 편안함을 느껴 봅니다.
숨을 크게 들이마시고 내쉬면서 행복함과 편안함이 온몸에
전해집니다.
숨을 들이마시고 내쉽니다.

편안하게 호흡하면서 긍정적인 에너지가 내 몸과 마음에 전
해지도록 해 봅니다. 그러면서 다음과 같이 스스로에게 말해
봅니다.
"나는 편안하다, 나는 평화롭다, 나는 안전하다, 나는 행복
하다."

새로운 생명을 사랑으로 품다

저는 늘 누군가에게 '이모' 또는 '선생님'이었습니다. 제가 만나는 아이들을 마음으로 품고, 힘들어할 때는 꼭 안아 주었습니다. 아이들이 저에게 종종 말합니다. "선생님이 우리 엄마였으면 좋겠어요."

어느 날 지인도 저에게 비슷한 말을 했어요. "소연 씨는 참 엄마처럼 따뜻한 사람인 것 같아요. 같이 있으면 마음이 편해지고, 나보다도 더 어른스러운 것 같아요."

제가 그들에게 뭔가 특별히 해 주는 건 없는데, 미주알고주알 이야기하며 편안함을 느끼셨나 봐요.

저는 누군가의 뒤에서 지지하고 응원해 주는 편입니다. 세심하게 이야기를 듣고 그들의 편이 되어 주고 싶은 마음이 제 안에 있었나 봐요. '엄마 같은 사람'이라는 이야기를 들었지만, 실제로 엄마가 되어 본 적은 없었죠. 엄마에게서 느끼는 그 따스함. 친정어머니께 물려받은 '정신적인 유산'이었습니다. 그러던 어느 날, 결혼한 저에게도 좋은 소식이 생겼습니다. 남편과 결혼한 지 1년 6개월쯤이었어요. 임신 계획을 세우고 나서 두 달 만에 새로운 생명이 우리 부부에게 선물처럼 찾아왔어요.

남편에게 좋은 소식을 알려 주고 싶던 날, 저녁 준비를 하고 있는데 퇴근해서 돌아온 남편의 손에는 주황색 나리꽃이 들려 있었습니다. 생각지도 못한 나리꽃이 반가웠습니다. 병원에 가서 건강하게 뛰고 있는 아기 심장 소리를 들으니 실감이 났어요. 남편이 선물로 준 나리꽃을 예쁜 꽃병에 담아 식탁 위에 두었는데 하루가 다르게 톡톡 꽃잎을 피워 내는 걸 보니 마음이 벅차올랐어요. 나리꽃의 꽃말처럼 '진실하고 순수한 어린 생명'이 활짝 피어나듯 다가왔고, 아기의 태명을 '나리'로 지었습니다.

매년 초, 지점토로 제가 원하는 모습을 만들어요. 셀프 오브제라고 하는데요. 저의 긍정적인 자아(true self)와 부정적인 자아(anti self)를 만드는 거예요. 긍정적인 자아는 촘촘하게 새 둥지를 만들어 그 안에 어미 새가 황금알을 품고 있는 모습으로 만들었어요. 제 품 안에서 황금알이 자라고 부화될 수 있도록 따뜻함을 더해 표현했죠.

부정적인 자아의 모습은 제가 만들어 놓은 한계, 벽이었어요. '벽'을 만들고 바라봤습니다. 무언가 아이를 품어야 해서 자유로울 수 없다는 한계를 설정해 놓은 느낌이 들었는데, 계속 보니 아이와 저를 보호해 주는 안전한 공간이었어요. 울타리 같아 보였죠. 저와 제 아이를 품고 안아 주기 위한 따뜻하고 안전한 곳. 태아에게는 자궁이며, 태어나서는 엄마의 따뜻한 품, 가족이라는 울타리를 만들었죠. 지금까지는 누군가에게 따뜻한 품을 조건 없이 주었다면, 이제는 제 아이도 따뜻한 엄마의 품에서 편안하고 건강하게 자라기를 바라고 바랐어요.

Little Star

스탠딩 에그

눈을 감고 내가 하는 이야길 잘 들어봐
나의 얘기가 끝나기 전에 너는 꿈을 꿀 거야

little star
tonight
밤새 내가 지켜줄 거야

처음 너를 만났을 땐 정말 눈이 부셨어
너의 미소를 처음 봤을 땐 세상을 다 가졌어

little star
tonight
밤새 내가 지켜줄 거야

내 품에 안긴 채 곤히 잠든 널 보면
나는 잠시도 눈을 뗄 수 없어
이렇게 예쁜데

숨이 멎을 것 같아
내가 어떻게 잠들 수 있겠니

나의 사랑 나의 전부 하늘이 내린 천사
나의 두 눈을 나의 세상을 모두 훔쳐버렸어

little star
tonight
밤새 내가 지켜줄 거야

(중략)

평생 내가 지켜줄 거야

삶은 22처럼

"나리야, 나리 덕분에 엄마의 몸과 마음이 건강해졌어. 건강한 음식과 영양제를 잘 챙겨 먹고 건강해졌단다. 늘 잠이 부족했는데, 충분히 자고 일어날 수 있었어. 너를 위해 긍정적인 생각을 하다 보니 웃음 짓게 되었고, 삶이 정돈되었어. 긴장했던 몸이 이완되면서 마음도 편안해졌단다. 나리가 없었더라면 엄마가 이런 행복을 알 수 있었을까? 나리를 품은 엄마는 지금 너무 행복해."

- 태교일기 2023년 1월 20일자 중에서

임신 후 몸이 점점 무거워졌지만, 열 달 동안 행복한 시간을 보냈습니다. 배 속의 아이 덕분에 식사와 영양제도 잘 챙겨 먹었습니다. 모성보호 시간이 주어져 단축 근무와 병원 진료가 가능했습니다. 회사에서 상자를 옮기려고 하면 "무거운 거 들지 마세요. 배 속에 아기가 힘들어해요. 제가 할게요" 하며 동료들이 팔을 걷어붙이고 상자를 들어 주었습니다. 몸에 풍선이라도 집어넣은 듯 배가 점점 나와 운전하기 힘들어졌을 때도 동료들이 외근도 대신해 주어 업무에 대한 부담이 줄어들었죠.

어린이집에 다녀온 일곱 살 은서가 저를 보고 달려왔습니다. "선생님 배에 진짜 아기 있어요? 몇 살이에요? 만져 봐도 돼요?" 고사리 같은 손으로 제 배를 쓰다듬어 주었습니다. 은서의 따뜻한 손길이 배 속 아기에게 사랑으로 다가왔습니다. 짧으면 짧고 길면 긴 출산휴가와 육아휴직을 썼습니다. 태교일기를 쓰며 아이를 맞이할 준비를 했습니다. '곧 만나자. 엄마가 나리를 만나면 환하게 웃어 줄게.'

2023년 벚꽃이 흩날리던 3월의 봄날, 나리가 태어났습니다. "응애" 우렁찬 울음소리가 분만실 복도까지 들렸습니다. 저는 아이를 보며 환하게 웃어 주었습니다. "나리야, 반가워. 이 세상에 온 걸 환영해." 그 순간부터 우리 가족의 지구별 여행이 시작되었습니다.

영화 〈소울〉을 보면 지구에 태어나기 전 영혼들이 지구로 오는 통행증을 받기 위해 가슴에 있는 불꽃(spark)을 완성합니다. 멘토를 만나기도 하고, 다양한 경험을 하며 자신의 성격과 재능이 만들어지는 과정을 거쳐 세상으로 나옵니다. 예를 들면 어떤 영혼은 그림을 그리다가 불꽃이 완성되고, 어떤 영혼은 공놀이하다가 불꽃이 완성됩니다. 〈소울〉의 '22'는 조 가드너의 몸에 들어가 지구 세상을 경험해 보게 됩니다. 22는 한 입 베어 문 피자에 행복해하고, 바람에 날리는 단풍나무 씨 앗 하나도 아름답고 소중하게 생각합니다. 저는 영화 속 22처 럼 아이가 삶을 온전히 즐기며 살아갔으면 합니다.

아이가 이 세상에 태어나 경험하게 되는 모든 것이 신기하 고 재미있을 거예요. 처음 맛본 모유와 분유, 6개월에 접어들 어 처음 먹는 쌀미음과 채소도요. 소고기를 맛본 아이의 눈이 동그랗게 커졌습니다. 오물오물 맛있는지 씩 웃으며 또 달라고 아기 새처럼 입을 벌렸어요. 노란색 감자, 주황색 당근, 초록색 브로콜리 등 컬러 푸드를 맛보여 주었어요. '부모는 자식이 먹 는 것만 봐도 배가 부르다'는 말처럼 이유식을 만드느라 내내 주방에 서 있어 힘들었던 피로도 싹 잊혀졌습니다.

속싸개 안에서 포근하게 자던 아이가 뒤척입니다. 어떤 날은 손이, 어떤 날은 발이 튀어나왔어요. 100일이 지나 뒤집으려고 옆으로 눕기도 하고, 몸을 버둥버둥거렸어요. 어떤 날은 두 팔 다리를 뻗더니 뒤집더군요. 누워서 팔을 뻗고 잡으려는 것처럼 하더군요. 힘이 생겼는지 엎드려서 두 팔로 몸을 지탱하고 엉 덩이를 들어올려 '네발'로 기기 시작했어요. 옹알이하다가 '쿵' 하고 넘어지기도 하고요. 보행기를 타고 여기저기 거실을 자유

자재로 다니고 있어요. 돌이 지나 자신의 두 다리를 움직여 처음으로 걷는 순간은 얼마나 감동적일까요.

산이면 산, 바다면 바다, 아이와 많은 곳을 여행하고 싶어요. 제가 좋아하는 광안리 바닷가의 파란 하늘과 철썩이는 파도를 보여 주고, 가을엔 붉게 물든 단풍잎과 절경을 보러 범어사에도 가고요. 대부도의 까만 갯벌과 살아 움직이는 꽃게도 보여 주며 새로운 세상을 함께 여행하고 싶어요.

<소울>의 22처럼, 아이처럼 신기하고 새로운 경험들로 세상을 바라봅니다. 그러면 평범했던 일상이 새롭게 다가오죠. 호기심 어린 눈빛, 벅찬 감동, 해 보고 싶은 욕구들. 내 안에 잃어버린 것들이 되살아났어요.

문득 아이를 키우며 나 자신도 새롭게 태어나는 듯했어요. 엄마, 직장인, 아내. 많은 역할에 나를 고정하며 살아가지 않고 '나'라는 존재 자체를 잘 키워 나가야겠어요. 아기와 함께 저도 잘 성장하기로, '나'라는 존재를 잃지 않고 살아가기로 다짐해 봅니다.

내 삶의 휴식을 가져다준 '싱잉볼 명상'

⛵

    퇴근 후 요가원으로 향했습니다. 편안한 요가복으로 갈아입고 수련실에 들어갔습니다. 머릿속에 많은 생각들이 떠올라 마음이 심란했습니다. 요가 매트 위에 앉아 은은하게 들려오는 명상음악에 귀를 기울였어요. 눈을 감고 코끝으로 숨을 들이마시고 내쉬며 몸이 머무는 곳에 마음이 머물도록 했습니다.

    선생님께서 아로마 오일을 손바닥에 떨어뜨려 주셨습니다. 아로마 향이 퍼지도록 손바닥으로 문질러 손을 오목하게 해서 코끝으로 가져갔습니다. 은은한 라벤더 향기가 코를 통해 들어오고 나가며 온몸으로 퍼져 나갔습니다. 조바심이 점점 사라지고 편안한 느낌이 들었습니다.

    눈을 감고 두 손을 무릎 위에 올려 엄지와 검지를 맞대고 코로 숨을 쉬었습니다. '징…' 하고 웅장한 싱잉볼 소리가 울려 퍼졌습니다. 귀를 통해 소리가 몸 안으로 들어오고, 싱잉볼의 파동이 물결치듯이 마음을 울렸습니다. 체한 것처럼 가슴이 답답했는데 싱잉볼 소리가 마음에 말을 걸어 주는 것 같았습니다. 고요한 호수의 가장자리에서 물의 파장이 일렁여 원을 그리며 퍼져 나가는 느낌이 들었어요. 모든 것을 내려놓고 고요하게 그저 있는 그대로의 모습을 바라보았습니다. 그저 아무것도 하지 않아도 괜찮다고 마음속으로 말을 건네면서요.

　매트에 등을 대고 편안한 자세로 누워 담요를 덮었습니다. 엄마의 품처럼 따뜻한 온기가 온몸을 감싸 주었습니다. 은은하게 울려 퍼지는 싱잉볼 소리에 스르륵 잠이 든 것 같았죠. 구름 위에 누워 있는 것처럼 포근했어요. 머리를 맴돌던 생각들도 바람에 날아가 버린 듯했습니다. 잔잔한 메아리 속에 한동안 나를 풀어 두었죠. 고요한 시간 속에 나를 놓아두기로 했습니다. 그 순간만큼은 엄마도 선생님도 아내도 아닌 나로 회귀할 수 있었어요. 일상의 업무, 책임, 역할에서 벗어나 아무 생각 없이 숨을 들이쉬고 내쉬면서 '살아 있는' 나를, 깃털처럼 가벼운 나를 마주했습니다.

　무언가를 하는 내가 아니라, 존재로서의 나를 마주하는 시간. 일상은 어느 때보다 평온했습니다.

에필로그

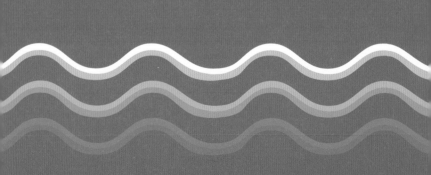

너도 세상에 좋은 사람이 되어 줘
⛵

2024년 7월. 육아휴직 후 복직하는 날이었습니다. 아침에 '마음 챙김' 필사를 하며 제 마음을 돌봅니다. '나는 나를 믿는다. 나 자신을 믿고 주어진 일을 해낼 수 있다. 너른 마음으로 아이들을 품을 수 있다' 노트에 적고 소리 내어 말했습니다. 분주하던 마음이 차분해지고, 신뢰와 믿음의 힘이 솟아났습니다. 출근길에 해바라기 꽃이 바람결에 살랑살랑 저에게 어서 오라고 인사하네요. 맴맴 거리는 매미 소리가 들리고 울창한 나무 사이로 건물이 보입니다. 수십 번, 수백 번을 오르내리던 길인데 첫 출근 할 때처럼 마음이 설레었습니다.

오후쯤. 아이들이 학교를 마치고 하나둘씩 원으로 왔습니다.

"우와! 임상 선생님이다. 선생님 보고 싶었어요. 선생님 오신다고 해서 얼마나 기다린 줄 알아요?"

"응? 내가 보고 싶었어? 선생님도 너희들 보고 싶었어. 기다렸다고 하니까 감동인데?"

"선생님 이제 계속 올 거죠?"

"응. 이제 계속 출근할 거야."

"우와, 좋아요. 저 심리치료실 놀러 가고 싶어요."

"그래, 우리 이야기도 많이 하고 재밌게 놀자."

복직하면 일도 많고, 힘들 거라는 걸 알면서도 다시 아이들 곁으로 돌아오고 싶었습니다. 아이들과 한 약속을 꼭 지키고 싶었거든요. "선생님, 아기 낳고 꼭 다시 와요. 기다리고 있을게요." 1년 사이에 부쩍 큰 아이들을 보니 뭉클했습니다. 아이들은 키도 크고 목소리도 굵어져 어린 티를 벗고 성숙해진 모습이었어요. 밝고 건강하게 잘 자라 준 아이들에게 고마웠습니다.

누군가 저에게 물었습니다. 힘든데도 계속해서 일할 수 있는 원동력이 무엇이냐고요. 잘은 모르겠지만, "아이들이 커 가는 그 모습을 지켜보는 것 자체가 참 의미 있는 일"이라고 말했어요. 좋은 부모님을 만나 좋은 환경에서 사랑받고 살아가기에도 부족할 텐데 부모님 곁을 떠나 홀로서기를 하는 아이들이 대견해 보였어요. 힘든 일도, 하기 싫은 일도 있을 텐데 투덜거리는 것도 잠시뿐 씩씩하게 잘 따라 주었죠. 어렵고 외로운 시기를 잘 이겨 낸 만큼 아이들의 미래는 더 빛나고 잘될 거라고 믿고 있어요.

저는 아이들이 작은 씨앗이라면 물을 주고, 햇볕도 받게 해 주고, 좋은 영양분을 주며 꽃과 열매를 맺는 큰 나무가 될 수 있게 도와주고 싶어요. 아이들이 자기 자신을 믿고 사랑하며 이 세상에 뿌리를 내리고 당당하게 자신의 삶을 살아갔으면 해요.

아이들을 돌보고 키우는 일은 하루 만에 이루어지지 않아요. 때론 내가 잘하고 있는 건지, 무의미한 일을 하고 있는 게 아닌지 회의감이 들 때도 있었죠. 속을 썩이는 아이들이 있으면 또 "선생님 힘들죠? 고마워요", "선생님 감사합니다"라고 말하고 잘 따르는 아이들이 곁에서 힘을 주었어요. 그럴 때마다 다짐합니다. '아이들 곁에 건강하게 있어 주고 싶다. 힘들고 어려운 일이 있을 때 기댈 수 있고 함께 이겨 낼 수 있는 믿을 만한 어른이 되고 싶다'고요.

아이들을 돕는 일을 하게 된 건 아마도 어릴 적 저를 살려 주신 외할머니의 자식을 살려 낸 마음에 대한 보답이라고 생각해요. "착하게 살아라. 선한 마음으로 사람들을 도우며 살아야 한다. 베풀며 살아야 한다." 저에게 외할머니께서 해 주신 말씀이에요. 자식을 아끼는 마음, 조건 없는 사랑으로 품어 주신 그 마음을 기억합니다. 아직은 부족하지만, 제가 받은 사랑을 아이들에게 베푸는 사람이 되려고요. 맑은 호수처럼 아이들의 아픈 마음을 품어 주려고 합니다. 아이들이 안전한 공간에서 보호받기를, 편안한 공간에서 안정감을 느끼기를, 다시 해맑게 웃을 수 있기를, 다시 일어설 수 있는 용기와 희망으로 살아가기를 바랍니다.

제가 이 책을 통해 전하고 싶은 것은 '자신을 사랑하고 아끼는 마음'입니다. 자신의 몸과 마음을 사랑하고 존중하는 마음. 신뢰와 믿음을 쌓아 가며 삶을 책임지고 살아가기를 소망합니다. 자신의 귀함과 소중함을 알 때 비로소 다른 사람을 존중하고 도울 수 있습니다.

아이들을 돌보는 일은 누군가의 희생이 아닌, 함께 어려운 시간을 이겨 내고 좋은 추억을 쌓아 가는 과정이지요. 아이들을 돌보듯 다정한 마음으로 선생님들의 마음 건강도 돌보시길 바랍니다.

궂은 일, 힘든 일 마다하지 않고 부모님을 대신해서 밤낮으로 아이들을 사랑으로 돌봐 주시는 전국에 계신 모든 선생님들께 이 책을 바칩니다. 부디 몸과 마음이 건강하게 아이들 곁에 오래도록 함께해 주세요.

마지막으로 이 책이 나올 수 있도록 곁에서 늘 응원해 주고 격려해 준 남편 이원재, 아들로 태어나 준 이도영, 무한한 사랑으로 보살펴 주신 부모님께 감사한 마음을 전합니다. 감사합니다.

너의 곁에서 좋은 사람이 되어 줄게
너도 세상에 좋은 사람이 되어 줘

초판 1쇄 발행 | 2024년 11월 28일
지은이 | 박소연
발행인 | 정민규
편 집 | 정민규
디자인 | 담아
발행처 | 또또규리
출판등록 | 2020년 7월 1일 (제409-2020-000031호)
이메일 | aiminlove@naver.com
유튜브 | @ttottokyuri
인스타 | @ttottokyuri
홈페이지 | https://blog.naver.com/ttottokyuri
ISBN | 979-11-92589-78-7 (03810)

- 또또규리는 사회적으로 가치 있고 유익한 원고를 기다립니다.
  aiminlove@naver.com으로 투고 바랍니다.

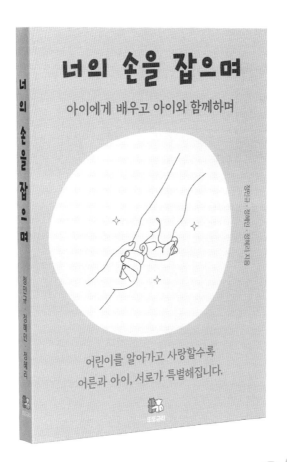

너의 손을 잡으며

아이에게 배우고 아이와 함께하며

너의 손을 잡으며

정민규 · 정혜민 · 정혜리 지음

어린이를 알아가고 사랑할수록
어른과 아이, 서로가 특별해집니다.

어린이를 알아가고
사랑할수록
어른과 아이, 서로가
특별해집니다.

또또규리 출판사의 도서목록
수필

인생과 운전
인생을 운전하는 우리를 위하여
정민규(루카스 제이) 지음 | 값 17,000원

우리가 살면서 가장 크게 영향을 끼치는 일, 운전. 그 중요한 운전을 인생과 함께 통찰한 최초의 에세이. 개인의 반성에서 시작해 사회의 변화를 도모하는 사회적 에세이. 우리 모두의 안전과 성숙을 위하여 운전대를 잡는 자신과 가족, 이웃에게 이 책을 선물해 주세요.

네 나이에 알았더라면 인생이 달라졌을 거야
사랑하는 자녀에게 꼭 전해 주고 싶은 부모의 인생편지
정민규(루카스 제이) 지음 | 값 10,000원

부모의 삶은 자녀에게 교훈으로 전수되어야 합니다. 부모의 시행착오가 자녀에게 약이 되도록 말이지요. 이 책은 인생을 살아갈 때 꼭 필요한 마음자세, 생활습관 등에 대한 부모의 인생편지 24통을 모은 것입니다. 이 안에 부모의 인생경험, 인생공부가 압축되어 있습니다. 이 시대에, 특히 한국 사회에서 갖추어야 할 삶의 지혜를 담았습니다.

사는 게 낯설 때
아이러니를 알고 삶에 대응하기
정민규(루카스 제이) 지음 | 값 15,000원

사는 게 낯설 때가 옵니다. 방향을 전환해야 할 때입니다. 이때 삶과 사람을 아이러니의 관점으로 볼 줄 알아야 합니다. 아이러니를 알고 삶에 대응하는 것입니다. 〈사는 게 낯설 때〉에서는 순간순간 삶에서 아이러니로 다가온 현상들을 살펴봅니다. 현상을 다른 시선으로 바라볼 때 변화를 모색해 볼 수 있습니다.

만나야 할 말들
나를 키우는 인생문장
정민규(루카스 제이) 지음 | 값 10,000원

우리가 인생을 살아갈 때에 '만나야 할 말들'이 있습니다. '나를 키우는 인생문장'들이지요. 살면서 잘 생각해 보지 못한 것들, 미처 깨닫지 못했던 것들을 우리는 이러한 힘 있는 말들을 통해서 생각해 보고 깨닫게 됩니다. 이러한 능력의 문장들은 보는 즉시 반가워하며 기꺼이 인생의 지혜로 삼을 수밖에 없는 매력을 지니고 있습니다. 여기, 제가 지금껏 만난 명문장들 중에서도 특히 더 빛을 발하는 명문들을 모아 보았습니다. 그리고 마치 그 명문들과 교제하듯 저의 생각과 느낌을 함께 담아 보았습니다. 이 귀한 말들과의 만남을 통해 나와 우리의 삶이 성장하기를 소망합니다.

어른이라 말할 수 있도록
어른으로 이끄는 마음과 생각, 그리고 행동
정민규(루카스 제이) 지음 | 값 12,000원

인간에게 가장 어려운 단어는 무엇일까요? '어른'이 아닐까 싶습니다. 어른답게, 어른으로서 살아간다는 것은 결코 쉬운 일이 아닙니다. 어른은 자신의 몸과 마음을 책임질 줄 알아야 하며, 자신이 좋아하고 잘하는 일을 찾아야 하고, 가족과 이웃에게 도움이 되는 삶을 살수 있어야 합니다. 정말 쉽지 않은 것들입니다. 이것들의 총체가 '어른의 인생'이니 매일매일 그 무게를 감당해야 합니다. 인생이 아이러니한 것은 우리가 살아간다는 것에 부담을 가지기보다는 그저 겸손하고 감사하게 매 순간을 받아들일 때 삶도 일도 쉬워진다는 사실입니다. <어른이라 말할 수 있도록>을 통해 그 어른의 길을 함께 걸어가길 바랍니다.

너의 손을 잡으며
아이에게 배우고 아이와 함께하며
정민규(루카스 제이) 지음 | 값 16,800원

아이의 손을 잡았을 때 저는 '사랑이란 무엇인가, 사람이란 무엇인가' 느끼고 생각하게 됩니다. 그렇게 두 딸의 손을 잡으며 사랑과 사람을 배워 갑니다. 이걸 한마디로 말하자면, 아이 자체를 배워 가게 됩니다. 아이라는 존재 자체를요. 저는 이 책을 쓰면서 아이를 닮기를 소망했습니다. 하얀 도화지 같은 아이의 그 순수함 위에 사랑과 밝음과 배려가 그려져 가는 걸 두 딸과 함께하면서 느끼고 배워 갔습니다. 하나하나가 모두 다 감동과 감사의 순간들이지요. 두 딸과 함께한 시간, 함께한 놀이, 함께한 대화가 이 책을 탄생시켰습니다. 중간중간 책의 내용과 어울리는 아빠와 딸들의 시를 넣었습니다. 특히나 아이의 순수함으로 인해 동시가 주는 특별한 마음이 있지요. 느껴 보시기 바랍니다.

인문

글 쓰는 마음
글 쓰기 전에 마음부터 준비하기
정민규(루카스 제이) 지음 | 값 10,000원

좋은 글이란 무엇일까요? '좋은 마음을 나누는 글'일 것입니다. 강건한 삶을 살고 강건한 글을 쓸 수 있다면, 담대한 삶을 살고 담대한 글을 쓸 수 있다면, 유머 있는 삶을 살고 유머 있는 글을 쓸 수 있다면 그렇게 쓰인 그 글들은 글쓴이의 마음에 들 것입니다. 독자들의 마음에 드는 일은 말할 것도 없겠지요. 그리고 이것은 글쓰기를 위한 마음 준비가 된 사람만이 누릴 수 있는 기쁨과 보람일 것입니다. 작은 이 책을 통해 그 큰 기쁨과 보람을 만나 보시길 바랍니다.

신앙

복 있는 부모는
자녀 교육은 부모의 크기만큼
정민규(루카스 제이) 지음 | 값 12,000원

복 있는 부모는 곧 "복 있는 사람"입니다. 복 있는 부모의 삶은 성경의 시편 1장 3절에서 말씀하는 "시냇가에 심은 나무"처럼 모든 행사가 다 형통합니다. 부모의 그 복을 자녀는 전달받습니다. 이 책은 부모의 온전한 신앙생활을 마음과 행동에 대한 권면으로 독려하면서 구체적인 자녀 교육에 관해 지혜를 나누고 있습니다. 특히 혼란스러운 현시대에, 특히 한국 부모들에게 필요한 통찰과 숙고의 지점이 어디인지 살펴봅니다.